ことのは文庫

下の階にはツキノワグマが住んでいる

MICRO MAGAZINE

第1章
はじめましての一年目

雨の日、散歩に誘われる …… 8
春の引っ越し …… 20
夏の終わりのお誘い …… 38
秋の散歩はちょっとそこまで …… 58
月夜の散歩は乙なものである …… 86
お鍋の買い出しに行く …… 94
物足りない冬 …… 112
実家に行ってみる …… 118
春はお花見弁当を …… 130
一年前に送ったクマのおばあちゃんへの手紙 …… 140

第2章
マンションで過ごす二年目

仕事帰りのコンビニで …… 144
夏のお出かけは手土産を持って …… 158
夏の終わりの買い物帰り …… 176
読書の秋……の前に母の言葉 …… 188
三毛猫のお店の試食会 …… 202
冬の海は寒い …… 218
朝の喫茶店は素敵な気配 …… 226
一人暮らしの風邪はつらい …… 236
一人で過ごすはずだった大晦日 …… 246
春が来たので …… 262
旅行が決まってから送ったクマのおばあちゃんへの手紙 …… 274

番外編

三毛猫が定食屋を継いだ理由 …… 278

下の階にはツキノワグマが住んでいる

第1章
はじめましての一年目

雨の日、散歩に誘われる

ドアを開けると黒いお腹があった。目の前にいたのは見上げるほど大きなクマだった。

夏の足音が聞こえ始めた六月の土曜日、朝からざーざーと雨が降っていて、起床とともにちょっと憂鬱《ゆううつ》な気分。平日に溜まった洗濯物。こんなことならこまめに洗濯しておけばよかった。

洗濯機を二回まわし、狭い部屋の中で悪戦苦闘しながらも、なんとか一週間分の洗濯物を干し切った。除湿機をかけているけれど部屋の中がじめじめする。ちょっと辛い。

少しでも気分を変えようとラジオをつける。除湿機の音とラジオを聞きながら、少し遅めの朝ごはんを食べる。ハニートーストとサラダ、それからホットコーヒーというといつも通りのシンプルな朝ごはん。

「ゆり子さーん、いますかー？」

もそもそと少し焦がしてしまったパンの耳をかじっていると、家の外から私の名前を呼ぶ声が聞こえた。

「はーい、いますよー」

食べかけのトーストをお皿に置いて玄関に向かう。チェーンを外してドアを開けると、クマがいた。黒くて大きなツキノワグマだ。

「おはようございます。ゆり子さん」

「はい、おはようございます」

「ゆり子さん、今日はお散歩日和ですよ。今からどうですか？」

クマはにこにこ顔で誘ってくれた。もう出かける気満々なんだろう。右手に大きな傘を持ち、肩にはショルダーバッグがかかっている。たぶんクマは気がついてないけど小さく足踏みまでしていた。

雨足は私が起きた時よりも強くなってきている。ラジオでも今日は一日中雨が降るってさっき言っていたし、こんな日は家でのんびりするのがぴったりだと思うけど。

「お散歩日和？　こんなに雨が降っているのに？」

「ええ、雨の日はお散歩日和なんですよ。さあ、行きましょう！」

「ちょっと待って。今、朝ごはんを食べているところなの」

「あ、ごめんなさい。じゃあ一時間後なんてどうでしょう？」

「んー、もうちょっと時間が欲しいかな。二時間後じゃだめ？」

「じゃあ一時間半後で！　下で待ってますね。それじゃ」

そう言うと、ツキノワグマは嬉しそうに帰って行った。私の下の部屋に。


クマを見送った私は、のんびり朝ごはんの続きを食べはじめた。朝ごはんを食べ、食器を片付けた私は掃除に取り掛かる。

毎日欠かさず掃除をしているのに、どうしてこんなに埃《ほこり》がたまるのだろう。どこからともなくやってくる埃たち。我が家にこの子たちをお招きした覚えはないのに、迷惑な話だ。

「何を着ていこうかな」

掃除を終えた私は、鏡の前で腕組みしながら頭を捻《ひね》った。雨が降っているから、多少汚れてもいい服にしよう。でも、せっかくのお休みだから、そこそこお気に入りの服が着たい。

悩んだ結果、穿《は》き古したデニムにお気に入りの白いコットンシャツ、その上に丈の長いネイビーのカーディガンを羽織った。鏡に映る自分の姿を見て満足した私は、少し楽しい気持ちになりつつ、肩にかかった髪を見て、そろそろ美容院の予約をしないといけないなと思った。

化粧は最低限でいいや。雨の日も紫外線対策が必要と言うけれど、休日だしお肌も休ませてあげたい。時計を見るとそろそろ約束の時間だ。私はレインブーツを履いて家を出た。

家の鍵をかけてマンションの下を見ると、雨の中大きな傘をさしたクマがこちらに手を振っていた。先に外に出て待っててくれていたようだ。私は少し早歩きでクマの側に向かった。

「さあ行きましょう！」

クマは私に微笑みかけると、嬉しそうに歩き始めた。のっしのっしと二足歩行で歩くクマの後ろを、私はゆっくりとついて行く。

「そんなに大きな傘、どこで買うの？」

大きなクマの体がすっぽりカバーできる、大きな大きな黒い傘。マンションを出て五分ほどした頃、私はこんなに大きな傘を今まで見たことがないなと気がついた。

「ホームセンターですよ」

「どこの？」

「ほら、駅前に新しくできた」

クマは先月オープンしたばかりのホームセンターの名前を言った。一度買い物に行ってみようと思いながら、私はまだ行けていないところだ。

「あのホームセンターってなんでも売ってるのね」

「ええ、あそこならたいていのものは買えますね。あの系列のお店だと、クマ向け商品の売り場があるんですよ」

　クマ向け商品。今までクマの知り合いがおらず縁が無かったので、私は初めて耳にする単語に興味を持った。

「え、そうなの？　クマ向けの売り場ってどんなものが並んでるの？」

「傘とか服とか、日用品ですね。人間用よりも大きなサイズのものが売られています」

「へーなんだか楽しそう」

「機会があれば見てみてください。ゆり子さんなら楽しいかもしれません」

　クマは嬉しそうに話す。クマの後ろを歩いていると、視界の下の方で何かぴこぴこ動くものが見えた。よく見ると、クマが小さな尻尾をふりふりとしている。きっと無意識でしてるんだろうな。なんだかちょっと可愛らしい。

　雨は相変わらずざーざー降っていて、空も暗いままだ。家を出てまだそれほど歩いていないのに、服が所々濡れてきている。

「ゆり子さん見てください！　ほら、大きな水たまり！」

　突然、クマがすごく嬉しそうに前を指さした。クマが指さした先を見ると、歩道の真ん中にとっても大きな水たまりができている。これは避けて通るのは無理そうだ。レインブーツを履いてきてよかったなあと思う。

　そーっと歩いて渡ろうか、ちょっと車道に逃げようか、そんなことを考えていると、クマが少し後ろに下がってきた。何をするんだろうと気になって見ていると、クマは力強く走り出し、水たまりの手前で思いっきり跳んだ。

びょーんとクマが水たまりを跳び越える。そして水たまりの向こう側に着地した……が、バランスを崩して尻餅《しりもち》をついた。

ばしゃーん

大きな水飛沫《みずしぶき》が上がり、びしょ濡れのクマが水たまりの中で固まっている。

「大丈夫？」

ばしゃばしゃと水たまりの中を歩いてクマの側に行くと、クマは満足そうな顔で目を閉じていた。

「水たまりにはまるなんて何年ぶりだろう、楽しくなってきました。ゆり子さんも一緒にどうですか？」

「……私は、いいかな」

私は遠慮することにした。

クマの後ろを歩き続けていると、植物園が見えてきた。いつもなら親子連れやカップルが多い時間帯だが、雨のせいか賑《にぎ》わいがあまり感じられない。

「植物園に入りませんか？」

自分で持ってきたタオルでふいたものの、さっき水たまりにはまったせいでまだ毛をしっとりとさせたクマが、のっそり振り向いて聞いてきた。目がきらきらしている。きっと植物園に行きたくて行きたくて仕方がないのだろう。

「いいよ」

私が「よ」の文字を言い切る前に、クマは嬉しそうな顔をした。そしてすぐにどたどたと植物園に向かって一直線に走っていった。もちろん二足歩行で。


私がゆっくり歩いて植物園に到着すると、クマがチケットを二枚買って待っていてくれた。一枚は人間の大人用、もう一枚はクマの大人用。私の分のチケット代を払おうとすると、クマは首を横にぶんぶんと振った。

「今日は私の奢《おご》りです」

きっとウインクしようとしたのだろう。クマは両目でぱちりと瞬《まばた》きした。

「ありがとう」

私が素直にお礼を言うと、クマは嬉しそうな顔をした。やっぱりウインクに失敗したことに気づいていないんだろうな。クマは再び両目で瞬きした後、何故か得意げな顔をした。

そんなクマが可愛らしくて、私は思わず笑ってしまった。

「なんでもない。行きましょう」

クマが不思議そうな顔で私を見たけれど、ウインクのことは教えてあげないことにした。


雨の日の植物園はすいていて静かだった。どこを見ても、白い絵の具をたっぷりの水で薄めたようなぼんやりした景色が広がっている。クマと私はふらふらと気ままに薄ぼけた植物園の中を歩く。

相変わらず雨はざーざー降っている。傘から伝わる振動がなんとも心地よい。

「ゆり子さん、見てください！」

クマが突然通路脇の水路に駆け寄った。クマの後を追って見ると、幅一メートルほどの石で作られた水路を水が勢いよく流れている。

「雨で水が増えてるね」

「すごいですね。あ、ほら！」

クマが嬉しそうに指をさす先を見ると、可愛らしい小さな緑の葉っぱが二枚流れてくるのが見えた。

「葉っぱが競走しているみたいでかわいくないですか？」

「たしかに競走しているみたい。でも、それにしても本当に水がたくさん。笹舟を流したらすぐに転覆《てんぷく》しちゃいそう」

「ささふね？　なんですかそれ？」

クマを見ると、つぶらな瞳をこちらに向けて首を傾げていた。

「笹舟よ笹舟。知らないの？」

「はい、初めて聞きました。舟ですか？」

「そう、笹の葉を折って作るかわいい舟なの。今度、笹の葉があったら教えてあげるわ」

「本当ですか！　やったー！　楽しみが増えました」

嬉しそうに笑うクマの顔を見て、なんだか私も嬉しくなった。


名前も知らない広葉樹の木々の下を通り抜け、私たちは小さな池のある広場に入った。

すると、クマは少し小走りで池の横の屋根のあるベンチに座った。

「さ！　ゆり子さんも！」

私も促《うなが》されるままにクマの横に座る。広場の周りには私たち以外誰もおらず、屋根に当たる雨の音しか聞こえない。ようやく雨が小降りになり、しとしとと静かな音が私たちを包む。

「静かだね」

「……そうですね」

目を閉じて雨の音に身を委《ゆだ》ねていると、隣でもそもそと動く気配がした。気になって見てみると、クマが体をそわそわさせていて、顔もなんだかうずうずしているように見える。

「どうしたの？」

「あの、もうちょっとなんです」

そう言うクマは、相変わらずすごくそわそわしている。

「何かあるの？」

「えーっと、あ！　始まりますよ！」

「始まる？」

クマが嬉しそうに池を見つめるので、私もつられて池の方を見た。すると、池を囲む石の上に一匹のアマガエルがいた。カエルはきっちりと燕尾服《えんびふく》を着ている。

「本日は、お足元の悪い中お越しくださり、誠にありがとうございます」

カエルは丁寧な言葉遣いで挨拶《あいさつ》をすると、礼儀正しくお辞儀《じぎ》をした。何かが始まるみたい。隣を見ると、クマが嬉しそうにぱちぱちと手を叩いている。

「これまでの練習の成果を発揮し、皆様の心に響く音色を目指したいと思います。短い時間ではございますが、最後までごゆっくりお楽しみください」

燕尾服を着たカエルが言い終えると同時に、池の中から白シャツを着たたくさんのカエルが出てきた。そして彼らは池を囲むように石の上に一匹ずつ並んだ。燕尾服を着たカエルは、白シャツのカエルが並び終えるのを確認すると、両手を上げた。

池の周りの空気がしんと静まり返り、雨の音すら聞こえなくなった。

数秒の静寂の後、燕尾服のカエルがゆっくりと指揮を始めると、カエルたちの合唱が始まった。カエルたちの歌は聞いたことのない優しい歌だった。聞いていて心がぽかぽかとする優しい歌。雨の音と合わさって、とても心地よい。私とクマは静かに合唱を楽しんだ。

「ね、来てよかったでしょう?」

クマが小さな声で話しかけてきた。横目で見るとクマはとっても楽しそうだ。

「そうね。本当に来てよかった」

雨の日の散歩も悪くない。たまにはこんな散歩もいいな。私は心の中で「ありがとう」とクマに言った。直接言うのは少し照れ臭くて。

「どういたしまして」

隣でクマが囁《ささや》いた気がした。

春の引っ越し

今年の春、私は引っ越してきた。ぽかぽか陽気の心地よいある日、五年ほど住んでいた賃貸マンションで火事がおきた。原因は鰹《かつお》だった。

一階には大学生のカワウソが住んでいた。趣味が釣りのカワウソ、釣りに行ったら大きな鰹が釣れたので、夕飯にたたきを作ろうとしたそうだ。しかし、活《い》きが良すぎたのか、調理する前に何故か鰹が生き返り、暴れ出したんだとか。

激闘《げきとう》の末、カワウソは勝利を収めた。しかし、やけくそになった鰹が部屋に火を放ったため、火事になってしまったらしい。カワウソの部屋は真っ黒になった。

「実家に帰ることにしました」

火事の翌日、カワウソが引っ越しの挨拶に来てくれた。幸いカワウソの部屋以外は無事で、怪我人もいなかった。私が仕事から帰る頃には消火活動も完了していたし、三階の私の部屋ももちろん無事だった。

「お騒がせしてすみませんでした」

そう言いながらカワウソが頭を何度もぺこぺこさせている。

「まあまあ、誰も怪我をしなくてよかったじゃない。でも、実家に帰っちゃうんだ。寂しくなるね」

私が話しても、カワウソはこちらを見ずにぺこぺこし続けている。そんなにぺこぺこしなくてもいいのに、そう思って見ていると、顔がにこにこしているのに気がついた。どうやらぺこぺこするのが楽しくなってきたようだ。

しばらく頭をぺこぺこするのを眺めていると、突然カワウソが動きを止めた。

「そうだ！　これ、もしよろしければ、どうぞ」

そう言って、タケノコの皮の包みを一つ渡してくれた。

「ありがとう。何が入っているの？」

「鰹のたたきです」

「たたき？」

「消防士さんたちが到着するまでの時間で作ったんです。燃える家の中で鰹を炙《あぶ》るのはどきどきしました」

けらけらと笑うカワウソ。私もついつられてにこにこしてしまった。でも、にこにこしながら、これって笑うとこじゃない気もするなあと、少し心の中に引っかかるものを感じた。

カワウソがくれたたたきは夕飯にいただいた。たたきはとってもおいしかった。それはもう今まで食べた中で一番と胸を張って言い切れるぐらい。

真っ黒になった一階の一室。その横を通るたびに、焦げ臭いというより芳《こう》ばしい匂いがする。中に入りたくてうずうずしていた私は、ある日そっと中を覗いてみた。すると部屋の中に大きな大きなトラネコがいた。

トラネコは何故か我が物顔で部屋の真ん中に七輪《しちりん》を置いて干物を炙っている。トラネコがわがままボディをぶにぶにと動かして魚を炙る姿は、可愛らしいけれど迫力があった。

ふと、背後に気配を感じて振り向くと、小太りのおじさんがいた。ここの大家さんだ。

「あいつ、勝手に住み着きやがったんだ」

大家さんは、忌々《いまいま》しそうにトラネコを指さしながら小さな声で教えてくれた。

「え、そうなんですか」

「部屋を修理しようにもあいつ黒焦げの部屋を気に入って出ていってくれないんだよ。それどころか部屋の中で魚炙るから臭いが……まあ家賃払うってさっき約束してくれたからいいんだけどさ」

そう言いながら大家さんはため息をついた。

「じゃあ、この部屋は真っ黒のまま?」

「そうなんだよ、参ったなあ」

やれやれと首を振りながら大家さんは去っていった。大家さんの背中と真っ黒の部屋を見て、私は引っ越そうと思った。


「ご希望の条件ですと、今すぐ入居できる物件は残念ながらこちらだけですね」

大家さんに会った一週間後、不動産屋さんに相談に行った。駅から歩いて十五分以内で、できれば静かなエリア。トイレとお風呂が別になっていて、家賃はなるべく安め。そう伝えると、不動産屋さんは「一件しかご提案ができずすみません」と言いながら一枚の資料を出してくれた。


築三十五年、四階建て。動物入居可能。


「今はどんな方が住まれてますか？」

「えーっと、たしかほとんど空き部屋だったはずです。あ、一階にツキノワグマが住んでいたような気がします」

斜め上を見ながら、不動産屋さんが言った。灰色のスーツにどぎついピンクのネクタイをした不動産屋さん。似合ってないとまでは言わないけれど、もう少し色味を抑えるとか、見直したほうがいい気がする。そんなことを考えながら私は「じゃあ、ここにします」と新居を決めた。

「え？」

「この家にします」

「内見しないんですか？」

不動産屋さんが驚いた顔で私を見る。

「はい」

即決だった。戸惑う不動産屋さんに、希望の条件に合う物件がここしかないこと、今のマンションで火事があったことを説明すると、あまり納得しているようには見えない顔だったけれど、「なるほど」と言ってくれた。

「このマンションに鰹と戦う住人はいますか？」

「いないですね」

苦笑している不動産屋さんに、私は改めて「このマンションにします」と伝えた。

「かしこまりました。じゃあ、さっそく契約の準備に入りますね」

不動産屋さんはそう言うと、ばたばたと準備を始めてくれた。

最短の入居日はいつかな。私は早く引っ越したくてたまらなくなった。

契約や引っ越し業者の手配はさくさく進んだ。そして不動産屋さんに行った二週間後、気持ちのいい春の晴れた日に私は引っ越してきた。

引っ越し当日の朝、一台のトラックがやってきた。私の引っ越しのために来てくれたのは、ゴリラとチンパンジーと体格のいいおじさんの三人組だった。ゴリラの右腕には『リーダー』と書かれた腕章《わんしょう》があった。

ダンボール箱十五箱、それからタンスと家電と鏡台などなど。三人組によって私の荷物は滞《とどこお》りなくマンションから運び出され、そして流れるように新しい家に運び込まれていった。引っ越しは半日ほどで終わった。

私の新しい家は二階になった。周りに大きな家がないので、二階でも十分日当たりがいい。マンションは思っていたより古い印象はなく綺麗《きれい》だった。

荷物を運んでくれた三人組を見送った私は、一度新しい家に戻り紙袋を取ると、一階へ向かった。ご近所さんのツキノワグマに挨拶するために。

「こんにちはー、上の階に引っ越してきた中澤《なかざわ》と申します。引っ越しの挨拶に来ました」

インターホンを鳴らすとすぐに「はい！」と歯切れのいい声が聞こえたので、私は手短に用件を伝えた。『セールスお断り』のステッカーが貼られたインターホンから、「少々お待ちください」と聞こえたかと思うと、どしどしと足音が迫ってきた。

「すみません、お待たせしました」

ドアを開けて出てきてくれたのは、見上げるほど大きなツキノワグマだった。クマは思っていたよりもかなり大きくて、少しびっくりしたけれど、そういえばこんなに近くでクマを見たことがないなあと、ぼんやり思った。

「引っ越しの音、うるさかったですよね。お騒がせしました。これ、つまらないものですが」

私は持ってきた白くてしっかりした厚紙でできた紙袋をクマに渡した。

「これはこれはご丁寧《ていねい》に……ん？　これって」

「駅前のケーキ屋さんのロールケーキです」

クマは私と紙袋を交互に見ると、突然目をきらきらと輝かせた。

「ということはもしかして……」

「はい、はちみつのロールケーキです」

「やったー！」

クマは紙袋を両手で高々と掲《かか》げた。鼻息をふんふんさせながら、すごくにこにこしている。とても嬉しそうだ。

「喜んでもらえてよかった。これからよろしくお願いします。じゃあ、私はこれで」

「あ、あの……よかったらコーヒーでも飲んでいきませんか？」

用が済んだので帰ろうとしたら、クマに呼び止められた。

「コーヒーですか？」

「す、すみませんいきなり。もしよければですが……」

やっちまった、と顔にでかでかと出したクマがおずおずと聞いてきた。不安そうに忙《せわ》しなく目が動いている。そんなクマを見ていると、悪いクマではなさそうだなと思い、私はもうちょっとお話ししてみたくなった。

「いいですよ。じゃあ、お邪魔します」

「やったー！」

クマは嬉しそうにぴょんぴょん飛び跳ねた。すると、クマが飛び跳ねるたびに地面が揺れるのを感じた。やはりこのクマすごく大きい。そして、きっとすごく重い。

「さあさあ、どうぞ。今コーヒーを用意しますね」

クマはドアを大きく開けて私を招き入れると、すたこらと家の中に入っていった。少し緊張してきたので、一度深呼吸してから私はクマの後に続いた。

クマの家の中は森みたいだった。壁には木の皮が貼ってあり、天井にはたくさんの蔦《つた》が伸びている。床には毛足が長くて深緑の絨毯《じゅうたん》が敷かれていて、なんだか森の中に迷い込んだみたい。

「どうぞおかけください」

　クマに勧められるまま、私は丸太の椅子に座った。ダイニングに置かれた大きな木のテーブルに、丸太の椅子はぴったりだった。

「お洒落《しゃれ》ですね」

　家の中を見回しながら言うと、クマは嬉しそうに目を細めた。

「そんなそんな、照れちゃいます」

　本当に照れているのだろう、少し顔を赤らめたクマは慣れた手つきでコーヒーと輪切りにしたロールケーキを出してくれた。コーヒーのいい香りが部屋中に広がっていくのを感じる。一口飲んでみた。そしたら思わず笑みが溢《こぼ》れた。クマが出してくれたコーヒーは、とってもおいしかった。

「中澤さんはどうしてこのマンションに？」

　私の向かいの椅子に座ったクマが、おいしそうにロールケーキを頬張《ほおば》りながら聞いてきた。少し悩んだけれど、私は素直にカワウソの火事の一件を話した。クマは、はふはふとコーヒーを冷ましながら黙って聞いてくれた。

「それは珍しい経験をされましたね。でも、おいしい鰹のたたきはうらやましいです」

　ずずずとコーヒーをすすりながらクマが言う。クマはどうやら猫舌のようだ。

「クマさんは鰹のたたき好きなんですか？　あ、そうだお名前を伺《うかが》ってもいいですか？」

クマさん、と呼んでから、それは呼び方として正解なのか心配になった。ツキノワグマさんと言うのは長くて無意識にクマさんと言ってしまったけれど、もしかしたら気を悪くさせたかもしれない。私は急に不安になった。

「鰹のたたきは大好きです！　それから私のことはクマでいいですよ。言葉遣いもそんな丁寧にしなくて大丈夫です」

「いいんですか？」

「はい、その方が私も落ち着きます」

「そう、じゃあこれからはクマって呼ぶね」

「はい！」

クマはにこにこしながらいい返事をしてくれた。嬉しいのか、耳がぴこぴこ動いている。

「中澤さんは下の名前はなんて言うんですか？」

「ゆり子よ」

「ゆり子さん！　いいお名前！　じゃあ、私はゆり子さんって呼びますね！」

嬉しそうに話すクマを見て、なんだか私も嬉しくなった。会話の流れで私も敬語をやめてって言ってみた。でも、普段の話し方がこれなのでとクマに断られてしまった。

「実は私、こんなふうに誰かとコーヒーを飲むのが夢だったんです」

マグカップを丁寧に両手で持って、コーヒーを眺めながらクマが言った。今、写真を撮ったら、すごくお洒落な写真が撮れそうだなと思った。コーヒーの広告に使えそうな気がする。

「夢？　今までしたことなかったの？」

私は気になってつい聞いてしまった。そして、聞いてからデリカシーがなかったかもしれないとすぐに後悔した。

「紅茶やお酒が好きな友だちはいるんですが、コーヒー好きの友だちがいなくて、誘っても誰も一緒にコーヒーを飲んでくれないんですよ。だからこうしてゆり子さんが来てくれて、私はすごく嬉しいんです」

ふーっとマグカップの中に息を吹きかけながら、「まあ紅茶もお酒もおいしいし好きなんですけど……」とクマが小さな声でぼそぼそと言う。

「子どもの頃、おばあちゃんがいつも話してくれた昔話があるんです。何度も何度も聞いているうちに、誰かとコーヒーを飲むのに憧《あこが》れるようになっていました」

「どんなお話か教えてよ」

「いいですよ。思い出しながらになるので、辿々《たどたど》しいのは大目に見てくださいね」

クマはぐびっとコーヒーを飲むとゆっくり話し始めた。

今からとんと昔、ある山に大きな大きなクマがいた。クマがとっても大きいので、他の動物たちはクマとお話しする時はいつも見上げていた。リスやネズミは体が小さいから見上げては、首が痛いと嘆いていた。

クマは優しかった。怪我をして動けなくなったものがいれば、医者のところまで運んでやった。嵐で家が吹き飛ばされたものがいれば、頑丈《がんじょう》な家を作ってやった。お腹を減らしたものがいれば、おいしいはちみつを分けてやった。そんな優しいクマのことが、みんな大好きだった。

ある日、クマの家にウサギがやってきた。おいしいクッキーを焼いてやってきた。クマは喜び、ウサギをもてなした。

一頭と一羽で仲良くコーヒーを飲みながらクッキーを食べていると、ウサギが突然真面目な顔でクマに聞いた。

「ねえ、クマは何か欲しいものはないの？」

クマは困った。かなり困った。何故ならクマは、今まで何かが欲しいと思ったことなんて一度もなかったからだ。

困って困ってうんうん唸《うな》った。でも、何も思い浮かばなかった。そんなクマを見てウサギはさらに聞いた。

「クマは何が好きなの？」

クマはまた困った。さらに困った。クマには好きなものがたくさんあった。たくさんあり過ぎて選ぶことができず、なんて答えたらいいのかわからなくなった。クマはいっぱいうんうん唸ってみた。でも、やっぱり答えはわからなかった。

クマはウサギがいることを忘れて考えた。ずーっとずーっと考えた。頭を抱えて考えた。うんうん唸って考えた。

ウサギはしばらく考えるクマを見つめていた。でも、だんだん飽きてきていつの間にか寝てしまっていた。

ぼてっ

何かが落ちる音がして、クマははっとした。気がつけば日は沈み夜になっていた。クマが音の原因を探すためにきょろきょろすると、向かいの椅子の下に、寝ぼけたウサギが落ちていた。

クマはウサギを優しく抱きかかえてソファに座らせてやった。それから電気をつけてカーテンを閉めはじめた。そんな時だ。何気なく外を見たクマの目に、綺麗な三日月が映った。

「あ、ぼくはお月さまが好きだな」

クマはうっとりしながら小さな小さな声で言った。アリの囁きぐらい小さな声で言った。

でも、ウサギの耳はそれを聞き逃さなかった。

「お月さまか。わかった！　じゃあまた！」

ウサギは飛び起きてそう言うと、ぴょこぴょこ帰っていった。クマは遠くに離れて行くウサギの小さな背中に向かって、「またねー」と手を振った。


ウサギが遊びに来た一週間後の朝、目覚めて早々クマは驚いた。何故なら起きるとクマの胸に三日月模様ができていたのだ。

びっくりしたクマが固まっていると、家のドアをノックする音が聞こえた。ドアを開けると、そこにはウサギやタヌキやキツネ、たくさんの動物たちがいた。

「どうしたの？」

クマがびっくりしながら聞くと、みんなはにこにこしながら言った。

「お誕生日おめでとう！」

クマは忘れていたが、今日はクマの誕生日だった。

「いつもお世話になってるから恩返しがしたくて、みんなでプレゼントを考えたんだ」

嬉しそうにキツネが言った。

「クマがお月さまが好きって言ったから、お月さまにお願いしたんだ」

ぴょこぴょこ跳ねながらウサギが言った。

「何をお月さまにお願いしたの？」

クマは自分の胸を見て、それから首を傾げてみんなに聞いた。

「お月さまの光を少し分けてもらったんだよ。それでクマの胸にお月さまの光が宿ったのさ」

最年長のカメが教えてくれた。

「そうなんだ。みんなありがとう！」

クマはよくわからないけれど、胸がぽかぽかした。胸がぽかぽかしてにこにこ笑った。

にこにこと笑うクマを見て、みんな嬉しくなった。

「さ、プレゼントのお話はひとまず置いといて、せっかくのお誕生日なんだから、みんなでケーキを食べようよ」

ウサギはそう言うと、木陰から大きな大きなバースデーケーキを運んできた。それを見てクマもみんなも大喜び。ケーキは山のてっぺんの広場で食べることになった。

みんなでケーキを食べ終えた後はキツネがタルトを、ネズミが紅茶を持ってきてくれた。

時間が経つにつれて、広場にはどんどんたくさんの動物たちが、食べ物や飲み物を持って集まってきた。この日、広場では夜遅くまでパーティーが続いた。

そんなことがあったとかなかったとかで、いつの間にかツキノワグマのご先祖さまができたんだとさ。めでたしめでたし。

クマはそこまで話すと、ふーっと息を吐き、それからコーヒーをぐいっと飲んだ。

「不思議なお話ね」

私は思わず思ったことを言ってしまった。最後、あったとかなかったとかって曖昧《あいまい》だし、お月さまの光ってなんだろう。気になることが多すぎる。

「おばあちゃんが話してくれた昔話です。子どもの頃、毎日毎日寝る前に話してくれたんですよ」

クマは楽しそうにコーヒーサーバーからコーヒーを注ぎ足している。なんだか話し終えて満足そうだ。

「ツキノワグマのご先祖さまって大きいクマだったんだ」

「みたいです。だから私もこんなに大きくなりました」

「なるほど……」

私は納得したような、してないような不思議な気持ちになった。ツキノワグマの平均身長は知らないけれど、目の前のクマはすごく大きい気がする。

「それで、どうして誰かとおうちでコーヒーが飲みたいと思ったの？」

聞いてみた。なんとなくわかるような気もしたけれど、クマの口からちゃんと聞きたくなったから。

「ウサギとクッキーを食べるところが好きなんです。なんだかおいしそうだなあって思って」

クマはまたマグを両手で抱えコーヒーを見ながらあたたかく微笑んでいる。

「そうなんだ」

そんなクマを見て私は思わず笑ってしまった。何これ、大きなぬいぐるみを見ているみたい。ちょっとかわいい。

「じゃあ、今度来る時はクッキーを持ってくるね」

思わず言ってしまった。

がたん

大きな音にびっくりして前を見ると、クマがテーブルに手を突いて立ち上がっていた。

「本当ですか！」

「ええ、もちろん。好きなクッキーはある？」

「どんなクッキーも好きです！　もちろんビスケットも大好きです！」

クマは嬉しそうに笑った。本当にこのクマは……。気がつけば私もつられて笑っていた。

夏の終わりのお誘い

秋の足音が微《かす》かに聞こえ始めた頃、会社で突然上司からビアガーデンの食事券を手渡された。

「これ、今週末までなんだけど、君にあげよう」

校長先生の卒業証書授与のように、真剣な顔をした上司に両手で丁寧に手渡された。

「ありがとうございます」

私も上司の態度に倣《なら》い、ちゃんと両手でありがたく受け取った。受け取ってから食事券が二枚あることに気づいた。いきなりどうしたんだろう。不思議に思い上司の顔を見つめていると、彼はなんだか恥ずかしそうに右手でぽりぽりと頭をかいた。

「いやあ、実は週末に友だちと飲みに行く気満々だったんだけど……」

「だけど？」

「健康診断の結果が妻にバレて……」

上司はそう言いながら俯《うつむ》くと、存在感のあるお腹をそっとさすった。

「ああ……」

「昨日の夜はこの世の終わりかと思ったよ。本当に」

「……それは大変でしたね」

頭の中で上司にかけるべき言葉を探したけれど、残念ながら見つけることができなかった。私たちは顔を見合わせると、ふふふと苦笑いをして解散した。

さて、ビアガーデン。行くのは何年ぶりだろう。お酒は好きだけれど、ビアガーデンには最近ずっと行ってなかった。さてさて誰を誘おうかな。私は鼻歌を歌いながら仕事に戻った。


「ねえ、ビアガーデン、行かない？」

クマを誘ってみた。仕事帰りに夕飯を買おうと家の近くのコンビニに寄ったら、そこでクマにばったり出会った。ちょうどクマも夕飯を買いに来ていたらしい。

ちょっと悩んだけれど、家までの帰り道でビアガーデンに誘ってみた。少し照れが出てしまい、不自然な誘い方になってしまった。なんだろう、さらに恥ずかしくなった。顔が熱い。

「ビアガーデンですか。いいですね！　ゆり子さんビール好きなんですか？」

クマはどこか嬉しそうだ。そして、何故か元気に右手に持ったレジ袋をぶんぶん振り回し始めた。たしか、レジ袋には缶ビールとお弁当とたまごを入れていた気がする。そんなことをして大丈夫かな。

「今週末までのお食事券をもらったの。よかったらどうかなと思って」

「どこのビアガーデンですか？」

「隣町の駅ビルにあるビアガーデンなの」

クマがレジ袋を振り回すのをピタリとやめた。クマが振り回すのをやめたのとほとんど同時に、何か軽いものが割れるような音が聞こえた。

「あの、もしかして、ヒグマさんのビアガーデンですか？」

クマの声のトーンが急に低くなった。気になって見てみると、隣を歩いていたはずのクマは私の少し後ろで立ち止まり、真剣な顔でこっちを見ている。かなり迫力がある。

「ええ、そうだけど……」

そこまで言って気がついた。もしかしてツキノワグマとヒグマって仲が悪いのかもしれない。同じクマだし。クマの世界のことを私はよく知らないけれど、なんとなくそんな気がした。クマを怒らせちゃったかもしれない。

私はクマに慌てて謝ろうとした。でも、「ごめんなさい」の「ご」の文字が喉まで出かかった時、突然クマが両手を高く上げて、笑顔で飛び跳ね出した。

「やった！　やった！　はちみつビールが飲めるところじゃないですか！　一度行ってみ

たかったんですよ」

どすんどすんと、重たい足音と共に地面が少し揺れる。

「ちょっと、近所迷惑になるから落ち着いて」

「あ、ごめんなさい」

注意するとクマは申し訳なさそうに小声で謝り身を縮《ちぢ》めた。どうやらヒグマと仲が悪いということはないのかもしれない。

「ツキノワグマとヒグマって仲良いの？」

「ヒグマさんですか？　普通ですよ。ビアガーデンを始めたって話は聞いていたんですが、なかなか行く機会がなくて」

「そうなの……」

クマの顔に「どうしてそんなこと聞くの？」と書いてあったけど、私は気づかなかったことにして先に歩き始めた。

「じゃあ土曜日の夕方空けといてね」

私は前を見たまま言った。すると後ろから「はい！」と、かわいい元気な返事が聞こえて、私は嬉しくて顔が緩《ゆる》んだ。でも、その後ふと気になることを思い出した。

「ねえ、そう言えばレジ袋の中は大丈夫？」

「レジ袋？」

「レジ袋。振り回してたでしょ？　だめよ危ないから」

「え？　無意識でし……あ」

クマはレジ袋の中を覗《のぞ》き込むと、その場で固まった。私も気になって袋の中を覗いてみた。当然のことながら、レジ袋の中ではお弁当とたまごがぐしゃぐしゃになっていた。

「自業自得《じごうじとく》ね。どんまい……」

「そんな……たまごで食後にホットケーキ焼こうと思ったのに」

クマは膝から崩れ落ちた。悲しそうな顔をしていて、なんだか今にも泣き出しそうだ。

そんなクマを見ていたら、私はなんとかしてあげたい気持ちになった。

「たまご、あげようか？」

「え？」

「たしか冷蔵庫にあったはず」

私はそう言いながら家の冷蔵庫の中の記憶を呼び覚ます。うん、大丈夫。こないだ買ったのがある。

「いいんですか？」

「その代わりに、私にもホットケーキ食べさせてね」

「もちろん！　コーヒーも用意しておきますね！」

クマは嬉しそうにそう言うと、勢いよく立ち上がり家に向かって走り出した。クマがすごい速さで走るので、クマの背中は一瞬で小さくなった。

「そうだ！　ゆり子さん、本当にありがとうございまーす」

家に向かって歩き始めると、前の方からクマが叫ぶ声が聞こえた。嬉しいやら恥ずかしいやらで、私は顔が熱くなるのを感じた。まったく、近所迷惑になるから騒いじゃだめって言ったのに。絶対に後で叱《しか》ってやる。


気がつけば私はふかふかの大きなクッションに抱きついていた。いや、クッションじゃない気がする。だって、ゆっさゆっさと上下に揺れているから。周りを見るとゆっくりと夜の町の景色が後ろに流れている。

「起こしちゃいました？」

クッションみたいなふかふかが喋った。ああ、これは知った声だ。そこでやっと気がついた。これはクマだ。私はクマにおんぶしてもらっていた。

「あれ……なんで？」

状況が読めない。私は急いで下りようとした。

「だめですよ、じっとしていてください。ゆり子さん酔っ払ってるんだから」

「私が？　酔っ払ってる？」

「はい、それもかなり」

信じられない。お酒は毎日飲んでいる。夕食後にテレビを見ながら晩酌《ばんしゃく》をするのが日課で、お酒を飲まない日はほとんどない。

自分のお酒の限界は把握《はあく》している。だから飲みに行っても無理はしないし、飲み会ではお酒を飲みながら酔い潰れた人の介抱《かいほう》もしている。そんな私が酔っ払う？　やっぱり信じられない。いや、信じたくない。

「そんな訳ないじゃらい」

舌が回らない。あれ、なんか変かもしれない。

「ほら、呂律《ろれつ》がおかしい」

クマがぷるぷると小刻みに揺れる。くそう、こいつ笑ってるな。なんだか腹が立ってきた。

「おかしくらい！　……あれ？」

また舌が回らない。おかしい、おかしい、おかしい。なんだか思うように話せない。

「私、そんなに飲んだっけ？」

「ゆり子さん覚えてないんですか？　序盤《じょばん》からすごいペースで飲んでましたよ」

思い出そうとしてみた。すると頭が少し痛くなった。なんだか小さな金槌《かなづち》で、こんこんと頭を叩かれているみたい。

こんこん、こんこん、こんこん、小さな痛みが走る度、徐々《じょじょ》に自分の愚行《ぐこう》が蘇ってくる。

私はクマとヒグマのビアガーデンに来ていた。もちろん、上司にもらった食事券を使うためだ。クマも私も上機嫌で店にやってきた。

夏の終わりとはいえお店は大盛況。一人で飲んでいる人もいれば、大人数で宴会をしている席もある。私たちはお店の端っこのテラス席に案内してもらった。

「本日はお越しくださり、誠にありがとうございます」

席まで案内してくれたのは、黒いデニムの前掛けをした大きなヒグマだった。ヒグマは深々と頭を下げると、注文方法やラストオーダーの説明をしてくれた。食べ物は席で頼むけれど、飲み物は自分でカウンターに行って頼み、自分で席に持って帰るスタイルだった。

説明を終えて立ち去るヒグマを見ていると、クマがため息をついた。

「どうしたの？」

「ヒグマさんかっこいいなあと思って。憧れるんですよね、あの凛々《りり》しい顔」

「クマも十分凛々しい顔をしていると思うけど」

「違うんですよ。あの『ヒグマ！』って感じがかっこいいんです。なんとか身につけられないかなー」

クマは離れていくヒグマを見つめながら、再びため息をついた。ツキノワグマがヒグマの雰囲気を身につけるのは、なかなか難易度が高いような気がする。

「まあまあ、ないものねだりをしたって仕方がないでしょう。ビールでも飲んで切り替えなさいな」

私がそう言うと、クマは急に背筋を伸ばして目を輝かせた。

「そうですね！　ゆり子さんもはちみつビールでいいですか？　ゆり子さんの分ももらってきますね。食べ物は好きなの頼んでおいてください！」

そう言いながら、クマは私の返事を待たずに席を離れていった。そんなクマを見て、よく噛まずに早口で言い切ったなあと私は感心してしまった。本当に忙しないクマだ。

クマに好きな食べ物を頼んでもいいと言われた私は、少し困った。こんな時、何を頼めばいいのかわからないのだ。最初の注文でごはんものを避けるべきなのは流石《さすが》にわかる。でも、クマがサラダが欲しい派なのか、飲みの席では野菜いらない派なのかがわからない。

少し悩んだ結果、私は手が空いていそうなイノシシの店員さんを呼んだ。そして、とりあえず枝豆と漬物盛り合わせとフライドポテトを頼んだ。私は飲みの席では野菜はいらない派なのだ。

「ご注文を確認させていただきます。枝豆がおひとつ、漬物盛り合わせがおひとつ、フライドポテトがおひとつ。以上でよろしいでしょうか？」

イノシシの店員さんは手書き伝票を片手に、注文を丁寧に確認してくれた。少し斜めの角度で見ると、正面で見た時よりも顔がきりっとして見えた。

「はい、お願いします」

「ありがとうございます。それでは急いでお持ちします」

深々と頭を下げると、イノシシは素早い動きで店の奥の厨房《ちゅうぼう》へ消えていった。


「すみません、遅くなりました」

後ろから声がして振り向くと、クマが申し訳なさそうにビールを持って帰ってきた。

「カウンターがすごく混んでいて」

「それは仕方ないって。でも、あの、そのジョッキ……」

私はクマが持ち帰ったジョッキを見て言葉を失った。間違いなく普通のサイズではない。

「何か変ですか？」

「いや、変ではないけどかなり大きくない？　私、そのサイズはジョッキじゃなくてピッチャーだと思うんだけど……」

大きさに怯《ひる》んでいる私を見て、クマは最初不思議そうにしていた。でもすぐに気がついたのか、電流が流れたみたいに、はっとした顔になった。

「しまった！　はちみつビール二つって言っちゃったから、クマ用サイズのが二つになっちゃいました……」

「なるほどね。まあいいや、早く乾杯しよ。喉が渇《かわ》いたの」

「すみません……無理なら全部飲まなくて大丈夫ですからね。私こう見えてお酒強いんで……」

心配そうな顔をするクマを無視して私はジョッキを受け取ると、クマの持つジョッキに軽くぶつけて乾杯した。

はちみつビールは想像以上にすっきりした味で、とってもおいしかった。喉ごしもよく、私はすぐにはちみつビールの虜《とりこ》になった。量が多いからゆっくり飲むつもりだったのに、いつの間にか大きなジョッキは空っぽになっている。

「あの、ゆり子さん？　ゆり子さんってもしかしてかなりお酒強いです？」

心配そうにクマが私を見ている。なんで？　私がほとんど一気に飲み干したから？　心配しなくても大丈夫なのに。

「クマ」

「はい」

「はちみつビールおいしいね」

「あ、はい、おいしいですね。やっぱりビールははちみ……」

「クマ」

「あ、はい」

「おかわり」

私はクマの話を無視して空っぽのジョッキを突き出した。

「クマ用サイズね」

「はいっ」

クマは慌ててぐいーっと自分のジョッキに残ったビールを飲み干すと、すたこらとおかわりを取りに行ってくれた。

クマを待つ間に頼んでいた食べ物が届き、私はそれをぱくぱく食べた。それから、はちみつビールになんとなく合いそうと思ったサツマイモとカボチャのマヨネーズサラダと唐揚げ、あとモッツァレラチーズのピザを頼んだ。

「取ってきました！　わっ！　わっ！　おいしそうな食べ物がいっぱい！」

クマが戻ってくるのとほとんど同時に、イノシシの店員さんが追加で注文したお料理を運んできてくれた。さっきよりもクマが戻ってくるのに時間がかかったので、持ってきてくれたタイミングがちょうどよかった。テーブルに並べられていくお料理を見て、クマが嬉しそうにはしゃぐ。

「でしょー、絶対においしいよ」

「ゆり子さんはやっぱりセンスがありますね。どれも本当においしそうだし、ビールにも合いそう」

クマに褒められた私は嬉しくなって、ビールをぐいっと喉に流し込んだ。

頼んだお料理はどれもおいしかった。特にピザがビールによく合った。どれもこれもおいしくておいしくて、調子に乗った私は何度も何度もクマにビールのおかわりを取りに行かせた。もちろんクマ用のサイズで。

たくさん食べ、たくさん飲んでいるうちに、私の視界はぼやけていった。そしていつの間にか私の視界は真っ暗になっていた。

後悔することは無駄だと思う。だって、いくら後悔しても過去はやり直せないから。後悔するぐらいなら、過ぎたことは忘れて前を見ていたい。いつもそう思う。

でも、今それができないでいる。三時間、いや一時間でいい。時間を巻き戻したい。

「思い出しましたか？」

私をおんぶしているクマが聞いてくる。顔が見えないからわからないけれど、割と気にかけてくれているみたいだ。

「思い出しました……」

った。

クマの体がまた小刻みに震え出した。今度は声も少し笑いを堪《こら》えきれていない。私は腹が立ち無言でクマの肩をぽかぽか殴った。クマの肩は柔らかくて、叩くとなんだか面白かった。

「それはよかった」

「そうだ、お会計は？」

クマの肩を叩いていると、ふとお会計のことを思い出した。食事券をもらったからビアガーデンに行ったのに、私は食事券を出した記憶がない。

「ゆり子さんがちゃんと食事券を出してくれましたよ」

「そう、よかった」

私は胸を撫《な》で下ろした。でも、すぐに嫌な予感がした。だってクマがまたぷるぷると体を震わせ出したから。

「ゆり子さん、帰る前にヒグマさんをテーブルに呼び出したこと覚えてないんですか？」

「何それ？　嘘でしょ？」

そんなの全く記憶にない。ヒグマさんを呼び出す？　私が？　まさかそんなことする訳がない。

「本当に覚えてないんですか？　お酒とお料理のことをいっぱい褒めた後に『釣りはいらねえ！』って言って食事券をテーブルに叩きつけたんですよ」

「え、嘘……」

「食事券出して釣りはいらねえって……見ていて楽しかったですよ」

クマがくくと笑ったけど、怒る気になれなかった。私は夜空を見上げて自分の愚行に絶望した。

「ああ、誰でもいいから時間を巻き戻して。もう今すぐに！」

少し大きめの声で空に向かって言ってみた。だけど、私の願いが叶えられることはなかった。クマがさらにくくと笑い、「近所迷惑になりますよ」なんて言ったから、私はまたぽかぽかクマの肩を殴った。

私たちのマンションが遠くに見えてきた。相変わらず私はクマにおんぶしてもらっている。

たまにすれ違う人の視線にも慣れてきた。見ないで欲しいと思う反面、見たくなるのもわかる。だって大人同士のおんぶですら珍しいのに、クマと人間の組み合わせだもの、私も通行人ならきっと見てしまうだろう。見られるのは最初は恥ずかしかったけれど、今はちょっと自慢したい気持ちになってきている。だってクマにおんぶしてもらえることなんてなかなかないんだもの。

「私、酔っ払って他に変なことしてない？」

だいぶ頭が回るようになった私は、心配になって聞いてみた。まだ食事券をテーブルに叩きつけた記憶はどう頑張っても思い出せない。もしかしたら他にも何かやらかしてるんじゃないかと、だんだん不安になってきた。

「大丈夫ですよ、お店を出た後すぐに寝ちゃったんで、おんぶさせてもらいました」

「そっか。ならよかった」

私はふーっと息を吐いた。よかった。いや、よくはないけれど、もしこれ以上変なことをしていたら、私は恥ずかしすぎておかしくなってしまうと思う。お酒の飲み過ぎには本当に気をつけなきゃ。

「あ、そうだ……」

「え、なに？」

クマが思い出したかのように話し出した。

「何度か寝言を言ってましたよ」

「もう最悪……私なんて言ってた？」

「ほとんど聞き取れませんでしたが、いろいろ言ってましたよ。そうそう、何度か『お母さん』って言ったのは聞き取れました」

私は一気に酔いが醒《さ》めた。鏡を見なくてもわかる。絶対にひどい顔をしているから、今は誰にも顔を見られたくない。今日初めてクマにおんぶしてもらっててよかったと思った。

「ゆり子さん？　どうかされました？」

「え？　ああ、ごめん。大丈夫大丈夫」

しっかりしなきゃ。自分がまさかそんなことを口に出すなんて思ってなかったから、つい動揺《どうよう》してしまった。

そうこうしているうちに私たちはマンションの前に着いた。

「ありがとう。もう下ろしてくれて大丈夫よ」

マンションの敷地に入ってもクマは背中から私を下ろすことなく歩き続け、そのままマンションの階段を登ろうとしたので私は少し怖くなった。大丈夫だとは思うけれど、万が一この状態のまま階段から落ちたら……そう思うとかなり怖い。夜風のおかげで酔いも醒めていたので、私は自分で階段を登らせてほしくなった。

「ゆり子さん、ゆり子さんのお母さんってどんな人なんですか？」

「何よ急に。どこにでもいそうな普通の人よ。いやそんなことより、どうして話を逸《そ》らすの！　早く下ろして」

クマは私の言うことを無視して階段を登り始めた。一段飛ばしで軽快に階段を登るクマ。クマの背中はかなり揺れている。本当に怖い。

「うーん、ビクトリー！」

階段を登り切った時、クマが両手を高く上げて叫んだ。大声を出すなと注意したかったができなかった。私は落下の恐怖から解放されてどっと疲れていたから。

「ゆり子さん、誰かをおんぶしながら階段を登るのっていいトレーニングになる気がします」

「あら、そうなの？　それはよかったね」

私は特に何も考えずに返事をした。だって頭が全く回らないんだもの、今すぐベッドに潜り込みたい。あ、シャワーはちゃんとしなきゃな。それから化粧も落としたい。

そんなことを考えていると、何故かクマが鼻歌を歌いながらリズムよく階段を降り始めた。

「ちょっとちょっと、なんで階段を降りるのよ！　せっかく上がってくれたのに」

私はびっくりしてクマの肩を叩いた。

「いやー、ちょっと楽しくて。ゆり子さんもう一回階段登ってもいいですか？」

「いいわけないじゃない。しかもなんで聞く前に階段を降りるのよ！」

「あ！　本当だ！」

「本当だ！　じゃないよもう」

思わずため息が出た。そしたら私の息は、それはもう私の口から出た息とは思えないぐらい酒臭かった。酒臭い息を嗅いだ瞬間、残念な気持ちになったのと同時に、無性に熱いコーヒーが飲みたくなった。

「じゃあ、もう一回登りまーす！」

階段を無事降り切ったクマがくるりと体を反転させながら元気よく言った。

「ねえ、クマ。私コーヒーが飲みたい」

言ってみた。

「コーヒーですか？」

クマが少し驚きながら聞く。

「クマの淹《い》れたてブラックコーヒーが飲みたい」

私は、今私が一番飲みたいものを言ってみた。

「いいですね、コーヒーブレイクにしましょう！」

そう言うとクマは私をおんぶしたままクマの部屋に向かった。このクマ、コーヒーブレイクって言葉の意味を知ってるのかな？　私は短い休憩じゃなくて、ゆっくりとコーヒーが飲みたいんだけどな。少し引っかかったけど黙っておくことにした。

この日、私はクマの部屋でお日様が顔を出すまでのんびりとコーヒーを飲ませてもらった。たまにクマが焼いてくれる分厚いホットケーキを食べながら。

秋の散歩はちょっとそこまで

ひらひらと舞い落ちる紅葉。その下でクマが踊っている。いや、踊らされていると言う方が適切かもしれない。

「落ちる前に拾うといいことがあるって言いません？」

「そうなの？　私は初めて聞くけど」

「おばあちゃんが教えてくれたんです。だから間違いありません！」

そう断言しながら、クマは真剣な顔で大きな紅葉の木をずっと真っ直ぐ見上げている。そんなに見上げて首は痛くならないのかな。

「もう少しで取れますから、ちょっと待っててくださいね」

クマは私の顔も見ずにそう言うと、風に乗って踊る紅葉の葉を追いかける。あっちに行ったりこっちに来たり。ふらふら、ふらふら、くるくる、くるくる動き回る。すぐに終わると言っていたけれど、クマはかれこれ十五分ほど踊っている。

クマが動き回るのを見るのは楽しい。優雅に舞い落ちてくる葉を、せかせかと追い回す姿がなんだかかわいいのだ。私は紅葉の木から少し離れたところでしゃがんで見ている。

秋晴れの空の下、今日はクマと隣町に遊びに来た。でも、私たちはまだしばらく駅前から動けそうにない。


今日は朝から天気がよかった。せっかくなので散歩に行こうと思った私は、お昼の少し前に家を出た。どこに行こうかなあと思いながらマンションの階段を降りると、ちょうどクマが家から出てきた。

「おはようございます、ゆり子さん」

「おはよう、クマ」

クマは郵便屋さんみたいな黒くて大きなショルダーバッグを下げている。なんだかいろんなものがいっぱい入っていそうだ。

「ゆり子さん、お出かけですか？」

「はい、お出かけですよ」

「どちらまで？」

「ちょっとそこまで」

やっと言えた。いつの口か、『どちらまで？』と聞かれたら『ちょっとそこまで』と言ってみたいと思っていた私。その夢がついに叶った。なんだろう、地味に嬉しい。

私が悦に入っていると、クマがきょとんとした顔でこちらを見ていた。

「そこまでってどこですか？」

「へ？」

「どこに行くんですか？」

クマが興味津々な顔でこちらを見ている。こいつ、それを聞くのか。つい数秒前まであった満足感は吹き飛び、謎の羞恥心《しゅうちしん》が私に覆いかぶさってきた。

「秘密。でもとってもいいところなの」

言いながら私は後悔した。だめだな、なんて馬鹿なことを言ってるんだろう。こんなレベルの低い誤魔化《ごまか》し方をするぐらいなら、素直に言えばよかった。ため息が出そうになる。

「一緒に行ってもいいですか？」

ひゅっ。出そうになっていたため息が喉の奥に引っ込んだ。クマを見ると目をきらきらさせている。やめてくれ、そんな純粋な目で私を見ないでくれ。私はクマの眼差しから逃げたくなった。

「そうねえ……そういえば、クマはどこに行こうとしたの？」

話を逸らせないか試してみた。

「隣町の手作りマーケットに行くんです！」

クマがにこにこしながら言った。

「あら素敵。何を買いに行くの？」

これは話が逸らせそうな気がする。ちょっと押し込んでみる。

「ゴリラさんのバナナケーキです！」

クマがさらににこにこしながら言った。

「私も一緒に行っていい？」

これはいけるな。

「行きましょう！」

クマが嬉しそうに両手を上げた。顔に『やったー！』と書いてある。クマはやはりわかりやすい。私は話を逸らすことに成功し、そして今日のお散歩の相棒《あいぼう》と行き先も手に入れた。

「あ、でも、ゆり子さんも行くところがあったんじゃないんですか？」

クマが思い出したかのように言ったので、私は聞こえないふりをして歩き出した。

「ほら、早く行くよ」

すたすたと歩きながら、もうくだらないことは二度と言わないと心に誓った。

隣町は電車で十五分ほどのところにある。私たちは駅までふらふらと歩いて行った。駅までの道の街路樹はすっかり色付いていて、綺麗な落ち葉を踏みながら、たまに軽く蹴りながら楽しくクマと歩く。

「秋ですねー」

クマが雲一つない空を見ながら言った。

「秋ねー」

私も釣られて言った。こんな秋のお散歩もいいなー、そんなことを考えているうちに駅に着いた。

駅は閑散《かんさん》としていて、二つあるホームにはクマと私以外誰もいない。いつもはもうちょっと混んでいるのにな。私たちしかいないね、そうクマに言おうとして気がついた。クマの右の肩の上にリスの親子が乗っていた。

「クマ、肩の上……」

びっくりした私は心の声がそのまま口からこぼれ出た。

「お子さん、足が疲れちゃったそうなんです。リスさんたちも隣町の駅まで行くそうなので、肩に乗ってもらいました」

「そう……」

リスの親子が私に向かってぺこりと頭を下げた。

何これ、かわいい。

「あの、写真撮ってもいい？」

我慢できなかった。

「え？　いいですけど、写真を撮るようなことあります？」

クマが首を傾げる。すると、リスの親子もクマの肩の上で同じようにほとんど同じタイミングで首を傾げた。私は胸の奥がぎゅっとなった。このかわいさは罪だ。

「いいの。私が撮りたくなっただけだから」

くらくらと目眩《めまい》を感じながら、私はクマとリスの親子の写真を撮影し、そしてその画像をそっとスマートフォンの待ち受けに設定した。私が新しい待ち受け画像に満足していると、遠くから電車がやってくる音がした。


電車の中はがらりと空いていて、私たちは並んで座った。車内はとっても暖かく、座っているとすぐに眠くなった。なんとなく隣を見ると、クマは既《すで》に気持ちよさそうに寝息を立てている。そして、クマの膝の上でリスの親子も、同じように気持ちよさそうにすやすや眠っていた。穏《おだ》やかな光景を見て、私はまた胸の奥がぎゅっとなった。

柔らかそうなクマの肩の誘惑に耐えつつ、私は十五分間電車に揺られた。隣町の駅に着くと、私は爆睡しているクマを起こして電車を降りた。改札に向かう途中、寝起きのクマがあまりにもよたよたと歩いて危なっかしかったので、私は手を引っ張りながら歩いてあげた。

リスの親子とは改札を出たところでお別れした。私たちが見送っていると、リスの子どもが一度振り向いて手を振ってくれた。私は寂しくて少し泣きそうになった。

駅を出たところにある駅前の広場には大きな紅葉の木が立っていた。赤く綺麗な紅葉の木に、私たちは思わず見入ってしまった。

「綺麗ですね、とっても、とっても」

「綺麗ね、とっても」

私たちはふらふらと紅葉の木の下に吸い寄せられる。真下から見上げると、木は思っていた以上に大きくて少し驚いた。首が痛くなるまで見上げてから足元を見ると、落ち葉が鮮やかな絨毯のように広がっていた。

私はふと目についた綺麗な葉を一枚拾ってポケットに入れた。とっても綺麗だったから連れて帰りたくなったのだ。

「ゆり子さん！」

突然クマが大きな声を出した。私がびっくりしてクマを見ると、何故かすごい得意げな顔をしていた。

「紅葉を持って帰るなら任せてください！」

「何を？」

私にはクマが何を言ってるのかわからなかった。任せるも何も、今まさに拾ったところなんだけどな。

「もっと綺麗な葉っぱを取ってみせます！」

「私、今のでいいんだけど」

「すぐに終わるので待っててください！」

クマは私の返事も聞かずに風に舞う紅葉を追いかけ始めた。


紅葉を追いかけるクマのダンスは結局三十分ぐらい続いた。クマが踊り続ける間、私は飽きることなく眺めていた。

「お待たせしました！」

少し息が上がっているクマ。でも顔は満足気だ。踊り続けた末にクマが取ってくれた葉はすごく綺麗だった。

「ありがとう」

私はクマがくれた葉を鞄に入れていた手帳にそっと挟んだ。


何もなかった。

手作りマーケットが行われているとクマが言った隣町の公園。そこに私たちは駅からふらふらと歩いてやってきたけれど、入り口に到着し中を見渡すと、そこには何もなかった。

いや、何もないと言えば語弊《ごへい》がある。ブランコに大きな大きな滑《すべ》り台、シーソーをはじめとする様々な遊具。座り心地の良さそうな木のベンチに、レンガ造りで綺麗な外観の公衆トイレもあるし、公園の奥には芝生《しばふ》の生えた広場も見える。

公園はとても広くて野球場ぐらいありそうだ。ボールで遊ぶ家族連れや、ベンチで休憩中のおじいさん、犬とお散歩中のおばさんなど、公園の中はかなり賑わっている。でも、何かを売っているようなお店は一つも見当たらない。

「綺麗な公園ね。でも……」

「でしょう！　好きな公園なんですよね、ここ」

クマが食い気味で話してきた。

「奥に芝生が見えるね。でも……」

「そうなんです！　今日みたいな日にはピクニックにぴったりなんですよ！　しかも……」

やっぱりクマは食い気味で話してくる。私はもやっとしたので話を遮《さえぎ》ることにした。

「クマ」

「あ、はい」

「お店が一つも出てないんだけど」

「えっと、それは……」

クマの目がふよふよと宙を彷徨《さまよ》う。

「ねえ、ゴリラさんのバナナケーキは？」

クマの目がぴたっと止まる。そして目が点になり、口があんぐりと開いた。

「クマ？」

「ごめんなさい！　日付を勘違いしてました」

そう言うとクマは突然私に深く深く頭を下げた。そしてすぐに頭を上げたかと思うと、どたどたと公園の奥に向かって走り出した。もちろん二足歩行で。

クマはどんどん遠くまで走って行く。一体どこまで行くんだろう。置いて行かれた私はどうすることもできず、ただ小さくなっていくクマの背中を見ていた。

「ゆり子さーん！」

結局クマは公園の端っこまで走って行った。そして、端っこに到着するや否《いな》や、こっちに向かって手を振りながら大声で私の名を呼んだ。当然のことながら、公園中に私の名が響く。

公園にいた人たちがみんな一斉にクマのいる方を見て、それから当然のようにクマが手を振る対象である私に好奇の眼差しを向けた。たくさんの視線に耐えきれず、私は思わず俯いた。顔が熱《ほて》っていくのがわかる。

「恥ずかしい……」

私は俯きながら小走りでクマのもとへ向かった。

「ごめんなさい、手作りマーケットは来週でした」

クマのもとに辿り着くと、クマが申し訳なさそうに掲示板に貼られたポスターを指さした。そこに書かれた開催日はたしかに来週だった。

「勘違いしてました。ごめんなさい」

しょぼくれたクマ。俯いた姿はいつもより小さく見えた。こっちに来る時、文句を言ってやろうと思っていたのに、そんな仕草をされると怒れないじゃないか。いや、別に怒ってないけれど。

「まあ、そんなこともあるって。でも、よくこのポスターの字が見えたね。クマって視力がいいの？」

クマがあんまり落ち込むので、私は話を逸らしてやることにした。

「視力ですか？　ツキノワグマはあまり視力がよくないそうです」

クマは顔を上げると「どうしてそんなことを聞くの？」と、顔に出しながら私を見た。目は口ほどに物を言うというけれど、このクマは目というより顔だなあと思う。いや、その前にさっきまでの落ち込んでいた顔をどこにやったのよこいつは。私は心の中でため息をついた。

「それならどうしてこの文字が見えたの？」

「私はツキノワグマの中では珍しく、とても目がいいみたいです」

「……ああ、そうなのね」

クマがあまりにもあっけらかんと言うので、私はそれ以上何も言えなかった。


「そうだ！　近くにおいしい定食屋さんがあるんです」

手作りマーケットが来週だとわかった私たちは、とりあえず公園を出た。そしてどこに行こうか考えていると、クマが思い出したかのように言い、そしてその直後、示し合わせたかのようにクマのお腹がぐーっと鳴った。

「お腹が減ったのね？」

「減りました！」

クマが元気に言い放つ。このクマは本当に……もう。私は呆れてとうとう笑いそうになった。でも、すぐに私もお腹が減っていることに気がついたので笑いが引っ込んだ。そう言えば私たちはまだお昼ごはんを食べてない。

「じゃあそこに連れてってもらえる？」

「はい、よろこんで！」

クマは嬉しそうににこにこと笑った。

「さあ行きますよ！　付いてきてください！」

クマはそう言うとずんずん歩き始めた。

秋の太陽の下をずんずん、てくてく、異なる足音をさせながら私たちは歩く。お腹は減ったけれど、足音のリズムを聞いているとなんだか楽しくなってきた。

街路樹の銀杏《いちょう》の並木道。黄色いトンネルの下を歩いていると、素敵な絵本の世界に迷い込んだみたいだなあと思った。黄色いトンネル、クマとの散歩。うん、やっぱり絵本や童話の世界みたい。

クマの後ろを歩きながら、私は記念に綺麗な銀杏の葉を一枚拾った。クマにバレないようにこっそりと。

「着きましたー！」

クマが連れてきてくれたのは、銀杏並木から少し外れた路地にある小さな定食屋さんだった。少し煤《すす》けた木造の外観は、なんだか歴史を感じさせる。

「お先にどうぞ」

クマはがらがらと重たそうな木の引き戸を開けると、私を先に通してくれた。お店の中は心地よい暖かさで、お出汁《だし》のようないい匂いが出迎えてくれた。

クマがお店の中に入り引き戸を閉める。すると、すぐに白い割烹着《かっぽうぎ》を着た三毛猫が厨房から出てきて、私たちを席へ案内してくれた。年齢はわからないが、三毛猫は毛がツヤツヤとしていてべっぴんさんだった。

お店の中はこぢんまりとしていてテーブルは五つ。お客さんは私たちだけだった。

「ここ、夜は居酒屋さんで、お昼は定食屋さんなんです。お昼は日替わり定食しかないんですが、それがとってもおいしいんですよ」

席に着くなりクマがにこにこしながら言った。

「もう、そんなこと言って。褒めても何も出ないよ」

水が入ったグラスを二つお盆に載せて運んできてくれた三毛猫は、クマに向かってぴしゃりとそう言ったけれど顔が緩んでいる。どうやらクマが言ったことが嬉しかったみたいだ。尻尾も後ろで左右にゆらりゆらりと大きく動いている。

今日の日替わりはどんな献立《こんだて》なんだろう。私は気になってきょろきょろとテーブルの周りやお店の中を見渡したけれど、献立はどこにも書いてなかった。値段もいくらぐらいなのかわからない。

「あの、今日の献立はなんですか？」

私はとりあえず献立を聞いてみた。

「今日は鰤《ぶり》の照り焼きと、切り干し大根。それから白菜のお味噌汁だよ」

三毛猫が目を細めながら教えてくれた。

「おいしそう！　ごはんは大盛りにできますか？」

クマが希望の眼差しを三毛猫に向ける。

「本当はできないけど、仕方がないね、サービスだよ」

三毛猫がにやりとしながら言った。

「ありがとうございます！」

店内にクマの大きな声が響く。クマの顔は今日一番のにこにこ顔になった。そんなクマを見て、私と三毛猫は思わず顔を見合わせてくすくすと笑ってしまった。

「ここ、おふくろの味っていうんですかね。どのお料理も優しい味でとってもおいしいんです」

三毛猫に注文した定食が出てくるのを待っていると、クマが教えてくれた。食べるのが大好きなクマが言うんだから間違いないだろう。

「そうだ、ゆり子さんにとっておふくろの味ってなんですか？」

クマに聞かれた時、私は思考が止まった。水の入ったコップに向かって伸ばした右手が空中で固まる。

「ゆり子さん？」

「あ、ごめん」

我に返った私は慌ててコップを手に取り水を飲む。コップの水を半分ほど飲んでから、私は笑って誤魔化そうとした。

「ゆり子さん、大丈夫です？」

「ええ、別に大丈夫よ」

「ゆり子さん……ゆり子さんのお母さんとあんまり仲が良くなかったり……しますか？」

私はもう一度笑って誤魔化そうと試みる。でも、できなかった。だって笑顔を作る前に真顔になってしまったのが自分でもわかったから。

「プライベートなことに土足で踏み込んでごめんなさい。でも、その、気になって……」

クマの顔を見る。クマは申し訳なさそうに、でも真剣な顔で私を見ていた。

「いつから気になっていたの？」

「えっと、ヒグマさんのビアガーデンの帰り道からです」

「そっか……」

自分の顔が冬のお風呂場の床のように冷たくなるのを感じた。あの時、やっぱり隠せてなかったんだ。私は自分が思うほど器用じゃないのかもしれない。そう思うと私は何も言えなくなった。

「ごめんなさい、いきなり。こんなこと急に聞かれても言いづらいですよね。今の無かったことにしてください」

私の沈黙に耐え切れなくなったのか、クマがさっきよりもずっと申し訳なさそうな顔をして謝ってきた。眉間《みけん》にかなり深い皺《しわ》ができている。皺に小銭が差し込めそうだ。

「いいよ」

「……へ？」

クマが間抜けな声を上げた。鳩が豆鉄砲を食らったみたいな顔をしている。

「教えてあげる」

私はクマの反応を待たずに話し始めることにした。

今まで避けてきたけれど、私自身そろそろちゃんと整理しなきゃなと思っていた。なんてことはない。私の恥ずかしい思い出話のようなものだ。

そうそれは、情けない思い出話のようなもの。


私には父の記憶がない。

私が物心つく前に交通事故で亡くなったそうだ。写真もほとんど残っていないので、私の中にはぼんやりとしたイメージすらない。

母は女手一つで私を育ててくれた。朝から晩まで働いてくれていたが、生活に余裕はなかった。幼いながらにそのことを理解した私はわがままを言わないように気をつけていた。

欲しいおもちゃを我慢した。

欲しい絵本を我慢した。

欲しい服を我慢した。

幼い頃の私はずっと我慢して生きてきた。でも、別にそれが苦だとは思っていなかった。我慢するのが当たり前になっていたから。

小学生になってすぐ、母は私を塾に通わせてくれた。クラスの子が通っていたのでいいなあと思っていた私は大層喜んだ。母はそんな私を見て満足そうな顔をしていた。たぶんその頃からだと思う。母の私に対する態度が変わったのは。

「宿題しなさい」

「勉強しなさい」

「読書をしなさい」

気がつけば母は私に毎日そう言うようになっていた。学校や塾の宿題が終わっても「勉強しなさい」と言われた。嫌だなあと思ったけれど、私は母の言う通りにした。

私が小学校高学年になっても、母は私に毎日のように「勉強しなさい」と言った。

「お母さんの言うことを聞いていれば大丈夫よ」

「たくさん勉強していい大学に行くのよ」

母は毎日笑顔で私に言った。

「この本を読みなさい」

「漫画なんて読まなくていいの」

「テレビなんて時間の無駄だから見なくていいの」

刷《す》り込むように言われ続けた私はなんでも母の言う通りにした。勉強し続けた私はいつも学校でトップの成績だった。テストで何回も百点を取っていたし、通知表も毎回よかった。でも、母が私を褒めてくれることは一度もなかった。

「テストなんて百点じゃなきゃ意味がないの」

「通知表がいいのは当然のことよ？　もっと頑張りなさい」

母に褒めてもらいたかった。でも、何度期待しても同じことを言われ続けた私は母に褒めてもらうことを諦《あきら》めた。そして、いつの頃からか、母に褒めてもらうにはいい大学に行かなきゃいけないんだと思うようになっていった。

中学生になっても私はずっと勉強し続けた。母にも「勉強しなさい」と言われ続けた。部活には入らなかった。

「部活なんて入ったって意味がないわ」

母が入学式の日の夜にそう言い切ったからだ。もちろん興味はあったけれど、やってみたいとは言えなかった。私の中学時代は勉強しかなかった。

「高校はここに行きなさい」

私の進路は母が決めた。国立大学への進学率が高い学校だった。私は何も考えず言われた高校を目指した。中学でも成績が学年トップだった私は失敗することなく志望校に合格した。

「次は大学受験ね」

高校に合格した私に母が贈った言葉は「おめでとう」ではなかった。そんな母を見て私はやっぱりいい大学に行かなきゃいけないんだなと改めて思った。

高校に入学してからも私は勉強し続けた。もちろん母には「勉強しなさい」と言われ続けた。

部活には入らなかった。理由は簡単。勉強時間を確保するためだ。毎日毎日勉強し続けた。母の言う通りにする、それが私の中で絶対だった。いい大学に入って母に褒めてもらう。それだけが私の目標だった。

勉強しかしていない私にとって受験勉強は苦ではなかった。模試の結果はいつもどの大学の名前を書いても『安全圏』だった。

「この大学に行きなさい」

大学の進路も母が決めた。母が言った大学は有名な国立大学だった。

「ここに入ればきっと大企業に入れるから」

母は笑顔で私に言った。私はそんな母を見て頷《うなず》いた。既に安全圏の大学だったから、このまま勉強し続ければ合格できると思った。

受験当日、私は緊張することなく試験に挑むことができた。そして私は余裕で合格した。合格発表は一人で見に行った。自分の受験番号を見つけた時、私はやっと褒めてもらえると思った。私は嬉しくて母にすぐ電話をした。

「次は就職活動ね」

大学に合格した私に贈られた言葉は、また「おめでとう」ではなかった。母は私に労《ねぎら》いの言葉をかけることなく電話を切った。その時自分の中で何かが外れる音が聞こえた気がした。


私と母の関係に転機が訪れたのは、大学に入学してすぐの頃だ。

大学からの帰り道、たまたま前を通ったアパレルショップのショーウィンドーを見た途端、私はその場から動けなくなった。

一目惚《ひとめぼ》れだった。

マネキンが身につけたブラウス、スカート、バッグ、ヒール、アクセサリー、全てが輝いて見え、こんな風にお洒落をして出かけたいと思った。そして、そのすぐ後にぼんやりとガラスに映った自分の服装を見て絶望した。

着古したニット、どこにでもありそうなパンツ、汚れたスニーカー。私はなんてひどい格好をしているんだろう。

私は近くのＡＴＭに走った。そして子どもの頃から使うことなく貯めていたお小遣いやお年玉を下ろすと、再びアパレルショップへ向かった。お店に入っても決心が揺らぐことはなかったので、私はマネキンのコーディネートをそのまま購入し、お店で着替えて家に帰った。

服を変える。ただそれだけで私には世界が変わって見えた。ああ、世界はこんなに鮮やかだったんだと、その時初めて気がついた。美しい世界を見て私は決意した。これからは自分の生きたいように生きようと。

服をコーディネート買いしたその日から、私と母はよく喧嘩《けんか》をするようになった。理由はとっても簡単で、私が母の言う通りにしなくなったから。

別に母の言うことを全て否定する訳ではない。でも、今まで無駄だと言われたことでもやりたいことはやるようになった。大学の部活に入り、友だちと遊びに行くようになった。アルバイトをして漫画や服、化粧品をたくさん買った。私は母に自分の意志を主張するようになった。


「絶対にそれだけは認めない」

就職活動の時、私がアパレル会社に内定が決まったことを伝えると母は激怒した。

内定先は母が望むような大企業ではなかったので、反対されるのはわかっていた。でも、単に私がやりたい仕事ができそうということだけでなく、特徴的な独自ブランドを持ち、市場でも存在感を放つこの会社なら、会社と一緒に私も成長できると思った。そして、そのことをちゃんと説明すれば、母も少しは理解してくれると思っていた。

でも、現実は甘くなかった。

「お母さんがゆり子を何のために大学に行かせたと思っているの？」

「どうしてお母さんの言うことが聞けないの？」

「大企業に就職することがゆり子の幸せだってどうしてわからないの？」

母は私の説明に耳を貸さず、何度も何度も私を怒鳴りつけた。会話にならず、途中から私は黙って母の言葉を聞き続けた。でも私は折れなかった。折れるわけにはいかなかった。

「私の人生だから私のやりたいようにやらせて」

何度も怒鳴ってくる母に私は一言、静かに、でもはっきりと言った。母は私の言葉を聞いた途端、ぴたりと動きを止めた。そして急に真顔になった。

「そう、じゃあいいわ。好きにしなさい」

さっきまでと違い母は落ち着いた声で言った。不自然なくらい血の気が引いた青白い顔には、マネキンのように表情がなかった。

「ありがとう、お母さ……」

「でも、今すぐ出て行きなさい！」

私が言い切る前に母はそう言い放つと、私に背を向けて奥の部屋に消えていった。

「お母さん？」

私はびっくりして追いかけようとした。でも、母はそれを許さなかった。

「出て行けって言ってるでしょう！　お母さんの言うことが聞けないと言うのなら、この家にいることは許しません！」

「そんな、お母……」

「出て行け！」

その後、私が何を言っても「出て行け！」としか言われなかった。悩んだけれど私は、自分のやりたいことを叶えるために家を出た。それっきりもう何年も実家には帰っていない。

「暗い話でごめんなさい」

話し終えた私がクマを見ると、クマは鼻をずびずび鳴らしながら、何故か泣きそうな顔をしていた。ちょっと感情移入のしすぎじゃないだろうか。

「ゆり子さんが謝ることはないですよ。話してくれてありがとうございました」

ずびびっ

クマは鞄からポケットティッシュを取り出すと鼻をかんだ。

「土足でプライベートなことに踏み込んでごめんなさい。でも、どうしても気になっちゃって……」

「いいの、気にしないで。単なる私の昔話なんだから」

私が残りの水を飲み干していると視線を感じた。視線の送り主であるクマを見ると、何故かまだ申し訳なさそうな顔でもじもじしている。

「どうしたの？　私が話したくなったから話しただけだし、もう気にしないでよ」

私がそう言うとクマはぶんぶん首を振った。

「知らなかったとはいえ、おふくろの味、気軽に聞いちゃってすみませんでした……」

本当に気にしなくていいのに。私が話そうと思って話したんだから。それに、思い切って話してみたら、自分の中に変化があった。ほんの少しだけれど、自分の過去に感じていたもやもやとしたものが薄くなった、そんな気がする。

「本当にクマが申し訳なく思う必要はないの、大丈夫だから。でも……そうだなあ……あえて言うなら親子丼かな、私にとってのおふくろの味は」

「親子丼？」

「そう、親子丼。母が夜食によく作ってくれたの。いろんな料理を作ってくれたけど、親子丼が一番嬉しかったな」

「いいですね！　親子丼！」

そう言うとクマは急に大きくなって身を乗り出してきた。

「いいなー親子丼。なんだか親子丼が食べたくなってきました」

クマは椅子に座り直すとにこにこしながら天井を見ている。きっと頭の中で親子丼を思い浮かべているんだろう。なんだかその様子がかわいくて、私は思わず笑ってしまった。

れた。


「はい、おまちどおさま」

親子丼を思い浮かべているクマを眺めていると、三毛猫が二人分の定食を運んできてくれた。

「丁度いいタイミングかなーと思ったんだけど、献立はこれでよかったかしら？」

三毛猫が天井を眺めるクマに聞く。

「え？　あ！　はい！　大丈夫です！　三毛猫さんの定食大好きです！」

クマは一瞬戸惑《とまど》っていたけれど、すぐに満面の笑みで返事をした。にこにこしすぎて目が細くなっている。このクマは本当に素直と言うかなんと言うか……。

「さっ！　ゆり子さん、冷めないうちに食べましょう！　三毛猫さんの定食は白ごはんもおいしいんですよ！」

クマは礼儀正しく両手を合わせて「いただきます」と言うと、ごはんを食べ始めた。

「だから褒めても何も出ないよ。でも、そうだね。もしごはんがお代わりしたくなったら声をかけてちょうだい」

三毛猫はそう言うと、嬉しそうに尻尾をぴんと立てながら厨房に戻っていった。褒めても何も出ないと言いながらちゃんとサービスしてくれる。本当にかわいい店主だ。

ふと私のコップを見ると水が入っていた。いつの間に注いでくれたのだろう、全く気がつかなかった。三毛猫はかわいいだけでなく、サービスのレベルも高い。

「じゃあ私も。いただきます」

さっそく白ごはんを食べてみた。クマが言った通り、ごはんは甘くてすごくおいしかった。定食のお料理はどれも優しい味で五臓六腑《ごぞうろっぷ》に染み渡るのを感じる。初めて食べるはずなのに、優しい味になつかしさを感じ、これはたしかにおふくろの味だなあと思う。

おふくろの味。クマと出会わなければ考えなかっただろうな。三毛猫が出してくれたお料理はどれもおいしくておふくろの味を感じるけれど、これは私の本当のおふくろの味ではない。

私の本当のおふくろの味が作れる人。それは当たり前だけれど私の母だけ。そんなことを考えながら定食を食べていると、母の作る親子丼が好きだったのは覚えているのに、すっかり味を忘れていることに気がついた。

私にとってのおふくろの味、今まで忘れていたくせに、どんな味だったか気になり始める私がいた。

月夜の散歩は乙なものである

「お月様、本当にまんまるですねー」

空に浮かんだ満月を見上げながらクマが言う。今夜は中秋《ちゅうしゅう》の名月。天候に恵まれ、雲一つない空にぽっかりと浮かぶ月は少し眩《まぶ》しい。

「ねーほんと。晴れてよかった」

「ですねー」

月に照らされた道をクマと並んでゆっくり歩く。私たちはビールを飲みながら、夜のお散歩を楽しんでいる。


仕事帰り。少し残業をしてしまい会社を出るのが遅くなったので、今日は寄り道せず真っ直ぐ家に帰ろうと思っていた。夕飯は簡単にカップラーメンで済まそうかなあなんて考えながら駅を出ると、ばったりクマに出会った。

「あ、ゆり子さん！　こんばんは！」

クマは今夜も元気みたい。

「はい、こんばんは。どこかの帰り？」

「いえ、お月見をしているところです！」

「お月見？」

聞き返してから、そう言えば今朝ニュースで、今夜は中秋の名月だと、アナウンサーのおじさんが話していたのを思い出す。空を見上げると綺麗な月がいた。

綺麗だなあと思って眺めていると視線を感じた。視線の主はクマで、すごくにこにこしながら私を見ている。

「ゆり子さん、お月見しませんか？」

断られる可能性なんて考えていないんだろうな。クマの顔に不安そうな雰囲気は一ミリもなく、『早く行きましょう！』と今にも言い出しそうな気配すら漂《ただよ》わせている。

「いいけどちょっと喉が渇いてるから、コンビニで飲み物を買いた……」

私が言い終える前に「どうぞ！」とクマが手に提げていた白いレジ袋から、がさごそと缶ビールを取り出して渡してくれた。五百ミリリットルの冷えた缶ビールは少し汗をかいている。

「さっきなんとなく多めに買っておいたんです！」

ちょっと、これは準備が良すぎるでしょ。なんとなく多めにビールを買うってそんなことあるかなあと思いつつも、私は「ありがとう」と言って素直にいただくことにした。

街灯がぽつぽつと立ち並ぶ住宅街。その中に延びる真っ直ぐな道をマンションに向かって歩く。月明かりに照らされながらビール片手にふらふらとするのは心地が良い。

「ゆり子さん、今日もお洒落ですね！」

クマに突然服を褒められた。

今日はゆったりとしたシルエットのこげ茶色のTシャツに、ライトブラウンの少し厚みのある生地でできたロングスカートを合わせて秋っぽさを意識していたので、褒められて嬉しくなった。でもその反面、にこにこでゆるゆるのイメージなのに、ちゃんと『今日も』と言ってくるあたりがずるいと思う。何がずるいのかは自分でもよくわからないけど。

「一応、アパレル会社で働いてるからね」

「そうか！　だからお洒落なのか！」

クマが目をきらきらさせながら「すごいなー」と追い討ちをかけてくるので、私はその視線を無視してビールを喉に流し込んだ。

「そんなこと言ったらクマだってすごいと思うけど。絵本作家なんて私の周りにクマしかいないもの」

つい先日、クマの家で一緒にコーヒーを飲んでいた時に仕事を聞いてみた。そしたらにこにこしながら絵本作家だと教えてくれた。絵本作家だったなんて思ってもなかったけれど、にこにこ顔のクマを見ているとなんだかぴったりな気もした。

絵本作家だとは教えてくれたけど、まだクマの描いた絵は見せてもらえていない。恥ずかしいからまた今度って逃げられていて、作家名も秘密にされている。調べてみてもいいけれど、いつか絶対クマから直接聞き出してやろうと思っている。

「何もすごくないですよ。でも、季節にぴったりな服を着こなすゆり子さんがお洒落ですごいなーと思ったんです！」

「いや、私も本当にすごくないから……」

このクマはもう……しれっとこういうことを言うから驚かされる。顔が少し熱くなったのを感じ、クマに悟られないようにするために話題を変えようと急いで頭を回転させた。

でも、すぐに何も浮かばなかったので「クマ、おかわり」と言ってビールのおかわりを催《さい》促《そく》した。

「はい、どうぞ！」

まん丸な月に照らされながら、クマは優しい笑顔でレジ袋からビールを取り出し渡してくれた。

「そう言えば、月にはウサギがいるって聞かなかった？　私、子どもの頃は本気で信じてたなー」

なかなか新しい話題が思いつかず、どうしようかなあと思い月を見上げてふと思い出した。誰に聞いたのかは覚えていない。大人になった今では、月に明るいところと暗いところがあってそういうふうに見えるってわかっているけど、幼い頃は本当に月にウサギが住んでいると信じていた。

「お月様にウサギがいるんですか？」

クマは「知らなかったなー」と目を輝かせている。どうやら聞いたことがないみたい。そう言えば地域によって見え方が異なるから、クマの地元ではウサギじゃないのかも。まあ、私も月の模様がウサギの餅つきの姿に見えたことは一度もなかったんだけど。

「ウサギがいるんじゃなくて、月の模様がお餅をついているウサギに見えるって話」

「あー！　なるほど、模様の話ですね。そう言えばおばあちゃんから聞いたことがありますよ」

やっぱりクマのところにも似たお話があったんだ。

「私が子どもの頃は、月にはクジラの親子が見えるってよく言ってました」

クジラの親子、これは初耳だ。地域によっては大きなカニやライオン、ワニやロバに見えるって聞いたけどクジラか。しかも親子。なんだかそれは見てみたい。

「月に憧れて空を泳いで月まで行ったお父さんクジラと、そんなお父さんの背中を追いかけた子どもクジラがお月様にいるんです」

「何それ、そんなスケールの大きなお話があるの？」

まさかそんな壮大《そうだい》なお話があるなんて思わなかったので、私は思わずクマの話に勢いよく食いついてしまった。

「え、聞いたことないですか？」

「ないない、初めて聞いた」

クマは「そうなんですか！」と目をぱちくりさせている。そんなに驚かなくてもいい気もしたけど、そんなことより私は話の続きが気になった。

「それでどういう話なの？」

催促して話の続きを待つ。でも、クマは空を見上げて「えっと……」と言ってからフリーズしている。それどころか、歩く足すら止まってしまい微動だにしない。私も立ち止まりクマを見る。そして、待つこと約二分。クマがぎぎぎと壊れたロボットのように首を動かして私を見るとぽつりと言った。

「あの、忘れちゃいました……」

ため息が出た。忘れるなよ！　と思わず言葉が飛び出しかけたけれども、なんとか飲み込んで「突然固まったからそんな気がしたわ……」と言ってやると、クマは縮こまりながら小さな声で「すみません……」と謝った。

「あの、クジラの親子がいるっていうのは覚えているんですが、どういうお話だったのかが思い出せなくて……大冒険のお話だったと思うんですが、すみません……」

クマが今にも泣きそうな顔をするので、私はクマの肩を優しく叩く。夜道にぽすんと軽い音が響いた。


夜風を楽しみながら歩き続けマンションに到着する。マンションの前の花壇《かだん》は誰も手入れをしないので、相変わらずいろんな草が無秩序《むちつじょ》に生い茂っている。見た目は悪いが虫たちのいい住処《すみか》になっているのか、花壇からは秋の虫の音がたくさん聞こえてくる。

「コオロギの羽の音ってなんだか落ち着きませんか？」

花壇を見つめる私の視線に気がついたのか、クマも花壇を見つめている。クマの声で一瞬虫たちは演奏をやめるが、またすぐに何事もなかったかのように奏《かな》で始めた。

「うん、ずっと聞いていたくなる」

小さな声で言ったんだけれど、私が話した直後にもまた虫たちが演奏を少し中断した。私とクマは顔を見合わせて苦笑いをし、黙って彼らの演奏を楽しむことにした。

「もう少ししたら、一緒に晩ごはん食べませんか？　きのこの炊き込みごはん、ちょっと作りすぎちゃって……」

クマが小さな小さな声で誘ってくれた。虫たちは演奏を続けている。

「いいの？　じゃあお邪魔しようかな」

「やったー！　……あ」

クマが少し大きな声を出したので、虫たちの演奏がぴたりと止んだ。大きく『やってしまった』と書いてあるクマの顔を見て、私は思わず笑ってしまった。

「そうだ、ゆり子さん。一つ謝らなきゃいけないことがあるんです」

笑われて少し恥ずかしそうな顔をしていたクマが、いきなり何かを思い出したのか顔をしゅんとさせた。

「謝らなきゃいけないこと？」

「実は、お月見団子を買いそびれちゃったんです……」

クマは「私としたことが……」と呟き項垂《うなだ》れる。そんなことで謝らなくてもいいのに。

私は堪えきれずふふふと笑ってしまった。

「謝ることじゃないってそれは。お団子は次のお月見の時のお楽しみにとっておこう」

私の提案に顔をぱっと明るく光らせたクマ。

「なるほど！　そうしましょう！」

にこにこ顔のクマ。月明かりに照らされているからか、いつもより可愛らしさが少し増しているような気がする。普段なら残業は嫌だけど、結果的に素敵なお月見をすることができたので、今日は残業して良かったなとクマを見て思った。

お鍋の買い出しに行く

「お鍋と言えばやっぱりキムチ鍋でしょう」

今、私はスーパーにいる。そして私の右手にはキムチ鍋の素がある。水で薄める必要がなく、そのまま使える液体タイプのやつだ。そしてそれをクマの持つ買い物カゴに入れようとしているのだが、さっきからずっと邪魔されている。

「いやいや、お鍋と言えば水炊きですって」

クマはそう言って、陳列棚《ちんれつだな》にずらりと並んだ有名シェフ監修の液体タイプの水炊きの素を取ろうとする。しかし、私はすかさずそれを阻止《そし》する。バスケ漫画を読んで磨《みが》いたディフェンススキルが、まさかこんなところで活きるなんて考えたことなかった。

「どうして邪魔するの！」

「それはゆり子さんもでしょう！」

他の買い物客の邪魔にならないように時折周りを見ながら、私たちはかれこれ五分ほど揉《も》めている。

「ゆり子さん！　今夜一緒にお鍋なんてどうですか？」

十一月半ばのお天気のいい土曜日。お昼過ぎにラジオを聞きながらのんびり紅茶を飲んでいると、いきなりクマがやってきた。晩ごはんの献立が未定だったので、私はすぐにクマとお鍋をすることに決めた。

「いいよ、私お鍋好きだし」

「やったー！」

クマはにこにこしながら嬉しそうに両手を上げた。一緒にお鍋を食べるだけでこんなに喜ばれるなんて、少し照れくさい。

「でもどうしていきなりお鍋なの？」

ふと気になって聞いてみた。

「実は、寒くなってきたんでそろそろ冬眠しようと思うんです。それで冬眠する前にゆり子さんとお鍋が食べたいなーと思ったんです！」

何故かクマは胸を張り、誇らしそうに言った。そうか、ツキノワグマは冬になると冬眠するのか。当たり前のことだけれど私はすっかり忘れていた。

「そっか、じゃあ今夜はいつもより奮発《ふんぱつ》してリッチなお鍋にしよう」

「本当ですか!?　やったー！」

クマは嬉しそうに目を細めて飛び跳ねて喜んだ。クマが飛び跳ねる度にマンションが軽く揺れる。

「クマ、揺れるから落ち着いて。それじゃあ買い出しに行かなきゃね。十分待っててくれる？　今支度するから」

「わかりました！　下で大人しく待ってます！」

そう言うや否や、クマはいそいそと階段を降りていった。なんだか子どもみたいだ。そんなクマを見て私は思わず笑ってしまった。

水で薄めたような淡い水色の空の下、クマと私は近所のスーパーに歩いて行った。

「カゴは任せてください」

スーパーに着き買い物カゴを取ろうとすると、クマがにこにこしながら言ってくれた。

私はお言葉に甘えることにしてカゴを渡した。

私たちはまず野菜売り場に行き白菜と大根、人参をカゴに入れた。そして、通路に設置されたお鍋の素がたくさん並べられた特設コーナーに来た時、問題が発生した。

私はキムチ鍋の素、クマは水炊きの素を手に取ろうとした。私たちは手に取る前にお互いに違うお鍋の素を取ろうとしていることに気づき、そして今に至る。

「ゆり子さん、大根買いましたよね？　大根といえば絶対に水炊きですって」

「いや、大根はキムチ鍋にも合うでしょ。それに白菜が一番おいしいのはキムチ鍋よ」

大人気《おとなげ》ないことは自分でもよくわかっている。でも、私は今夜キムチ鍋の気分になっていたからここで折れる訳にはいかないのだ。しかし、きっとクマも同じなんだろう。クマがこんなに頑固なのは初めてだ。

このままだと平行線だしどうしよう、そう思った時だった。

「ねえ、おかあさん。きょうはトマトなべがいい！」

近くでかわいい女の子の声が聞こえた。声がした方を見ると、五歳ぐらいの女の子がこちらにやってくるところだった。女の子はツインテールがとってもよく似合っていてすごくかわいい。彼女の隣には買い物カゴを載せたカートを押すお母さんがいる。

「トマト鍋本当に好きねえ。いいよ、今夜はトマト鍋にしましょう。お鍋の素を取ってきてくれる？」

「やったー！」

女の子は嬉しそうにこっちに走ってくると、トマト鍋の素を手に取りお母さんのもとへ走っていった。

「おなべのあとはオムライスがいい！」

「そうね、お鍋の締めはオムライスにしようねー。じゃあ後でたまごも買いにいこっか」

女の子とお母さんは、そんな穏やかな会話をしながらお肉売り場に向かっていった。

平和な親子のやりとりを見ているうちに、私の中にあったキムチ鍋の気分はいつの間にかなくなっていた。そしてその代わりに別のお鍋が食べたくなった。

「ねえクマ、私、今夜はキムチ鍋の気分じゃなくなったわ」

私はお肉売り場に向かう親子を見ながらクマに言った。

「あ、奇遇《きぐう》ですね。私も水炊きの気分じゃなくなりました」

クマもお肉売り場に向かう彼女たちを見ながら言った。

「ねえクマ、私、実はトマト鍋を食べたことがないの」

「奇遇ですね。私もです」

そう言って私たちは顔を見合わすとつい笑ってしまった。

私たちはトマト鍋の素をカゴに入れた。もちろん、今夜のお鍋の締めはオムライスに決まった。


「ねえ、いつ冬眠するの?」

レジに向かう時、私はクマに聞いてみた。

「来週末には寝ようと思ってます。まだこの日って決めてないんですけど、最近すごく眠たくて」

クマは予定を考えているのか、右斜め上をずっと見ている。

「クマは晩ごはんにお鍋が続くと嫌？」

「そんなことないですよ。お鍋は大好きです！」

クマはえっへんと胸を張っている。

「なら明日はキムチ鍋、明後日は水炊きなんてどう？」

「え、いいんですか？」

「もちろん」

「やったー！」

「ちょっと待ってて」

私は喜ぶクマを通路に放置してお鍋の素を取りに行った。

今夜はトマト鍋の気分。でも、やっぱりキムチ鍋も食べたい。それにクマが冬眠する前に一緒に水炊きも食べたいなと思ったのだ。

二種類のお鍋の素を持ってクマを放置した場所に戻るとクマがいなかった。どこに行ったんだろう？　周りを見渡すとクマがカートを押してやってきた。いっぱいになったカゴを下の段に置き、空のカゴを上の段にセットしている。

「お鍋を三回するならもう少し材料がいるかなと思って」

にこにこしながらクマが言った。

「そうね、まとめて買っちゃおう」

私たちは野菜売り場に戻った。

三回分のお鍋の買い出しをした結果、お会計金額はなかなかいいお値段になった。金額を見た時、私はびっくりして思わず一瞬動きがフリーズしてしまった。隣を見るとクマも目を白黒させている。お金はクマと半分ずつにしたけれど大きな出費だ。

「スーパーでこんなにお金使ったの初めてです……」

「奇遇ね、私もよ……」

「買い物袋がこんなに重たいのも初めてです……」

「奇遇ね、私もよ……」

「三回分のお鍋の材料とはいえ、調子に乗っていろいろ買いすぎた気がします……」

「奇遇ね、私もよ……」

スーパーからの帰り道、重たい荷物を両手に持ちながら私たちはまとめ買いしたことを少し後悔していた。

お鍋は偉大だ。三日連続で食べても飽きることなく楽しむことができた。

トマト鍋、キムチ鍋、水炊き。締めはオムライス、キムチ雑炊《ぞうすい》、雑炊。私はこの三日間、晩ごはんの時間になるとクマの家に来てお鍋を食べた。

「この三日間で一年分のお鍋を一気に食べたような気分です」

クマがそんなことを言いながら、食後に温かいお茶を用意して持ってきてくれた。目の前に置かれた湯呑《ゆの》みからは、ほんのりと緑茶のいい香りがする。

「そうね、しばらくお鍋はお休みでいいわ」

ふーっと息を吹きかけてお茶を少し冷ます。少し食べすぎたのか、お腹がちょっとばかり苦しい。

「でも、一人で食べるお鍋より、二人で食べる方がおいしいですね」

両手で湯呑みを大切そうに持ちながらクマはそう言うと、ずずずとお茶を飲んだ。

「そうね」

私も心からそう思う。一人でお鍋をすることもある。むしろよくしている。具材を切って鍋でぐつぐつするだけだから、とっても簡単、そしてとってもおいしい。洗い物も少ないので最高だ。今までお鍋なんて一人で食べても誰かと食べても一緒だと思っていた。

クマと食べて知ってしまった。一人で食べてもおいしいけれど、誰かと食べるお鍋はもっとおいしい。これから一人でお鍋を食べる時、きっと物足りなく感じるんだろうな。私はそう思うとほんの少し悲しい気持ちになった。

温かいお茶を飲んでいると、心地よい眠たさが覆いかぶさってきた。どうしてお腹がいっぱいになると眠たくなるんだろう。生き物だから仕方がないのかもしれない。

「これどうぞ」

うつらうつらしていると、クマがラッピング袋を渡してくれた。赤くて小さなリボンのついた、かわいいラッピング袋だ。

「なあにこれ？　私の誕生日は今日じゃないよ？」

私の誕生日は今日じゃない。そもそもクマに誕生日を教えたこともない気がする。

「クリスマスプレゼントです」

クマは何故か嬉しそうに目を細め、耳をぴこぴこさせている。見ていて可愛らしいけれど、私の疑問はまだ解消されていない。

「クマ、今日って何月？」

「十一月ですね」

「クリスマスは十二月だよ？」

「でも、クリスマスの時期は冬眠中だから渡せないので、先に渡そうと思ったんです」

ふふん、とクマが胸を張っている。かなり得意げだ。やることがとっても紳士的なのに、こういうところは紳士というより子どもっぽい。

「なるほど、そういうことね。ありがとう。中身はなあに？」

「マフラーです！　あ……」

晴れた日の太陽のように明るい笑顔で答えたかと思ったら、たちまち顔が暗くなった。

クマはしょんぼりと項垂れて、どんどん縮こまっていく。変化が激しくて山の天気みたい。

「どうしたの？」

「中身は開けてからのお楽しみって言いたかったのに、忘れてました……」

クマの返答を聞いて、私はついつい笑ってしまった。落ち込む内容がかわいすぎる。でも、そんなことで落ち込まなくてもいいのになあとも思う。

「家で大切に開けさせてもらうわ。何色かは開けてからのお楽しみね」

私がそう言うとクマはむくむくと元のサイズに戻り、にこにこし始めた。本当に単純なクマだ。

「次はこれです！」

元気になったクマは、今度は葉書を手渡してきた。葉書には『謹賀新年』と達筆な字で大きく書かれている。これが何かは聞かなくても流石にわかる。

「年賀状です！」

聞いていないのに答えが飛んできた。やっぱり年賀状だった。相変わらずクマはにこにこしている。今にも「明けましておめでとうございます！」とまで言い出しそうだ。

「ねえ、クマ、まだ十一月なんだけど」

「知ってます。でもお正月は冬眠中なんで、手渡したかったんです」

クマの年賀状には大きな大きな熊の絵が描いてあった。水墨画《すいぼくが》のように筆で描かれたかっこいい熊。これだと来年の干支《えと》は熊みたいだ。

「干支に熊はいたっけ？」

「いませんよ、熊は。熊も十二支の競争に参加したんですが、家が遠くて間に合わなかったんです」

「そうなの？　初めて聞いたんだけど」

「山の中ではとっても有名なお話なんですよ。嘘か本当かはわかりませんが」

そう話すクマは相変わらずにこにこしている。年賀状の絵と違ってとっても可愛らしい。

「年賀状、私も書くね」

「本当ですか！　ありがとうございます！　家のポストに入れておいてもらえると嬉しいです！」

クマは嬉しそうにそう言うと、お茶をずずずと飲み干した。

「お茶のおかわりいかがですか？」

「いただこうかな」

私もお茶を飲み干して湯呑みを手渡すと、クマは嬉しそうにお茶のおかわりを取りに行ってくれた。

「これどうぞ」

クマはお茶のおかわりを持ってきてくれた後、今度は私の手よりも少し大きな紙袋を渡してくれた。少し灰色みを帯びたしっかりした紙袋で、とってもお洒落だ。

「今度はなあに？」

「ガトーショコラです」

「ガトーショコラ？」

「ホワイトデーのお返しです！」

クマはやっぱりにこにこしている。そう言えばクマは、お鍋を食べ終えてからにこにこしっぱなしだ。にこにこしているところ悪いけれど、私の頭の中には疑問符がたくさん浮かんでいる。

「私バレンタイン渡してないよね？　そもそもまだまだ先だし」

「バレンタインもホワイトデーも冬眠中なので、先に渡しておこうかと思いまして」

クマがにこにこしながら言った。ずーっとにこにこしているクマを見ていると、私の中のいたずら心が顔を出す。申し訳ないけれどちょっぴりいじわるしたくなった。

「私、バレンタインに何かあげるなんて言った記憶がないんだけど？」

私は真顔でクマに言った。すると、その瞬間クマの顔が固まった。まるで一時停止ボタンを押したみたいにぴたっと。瞬きすらしない。

固まったクマを見つめていると、徐々に顔が翳《かげ》っていく。そして最後にぺたりとテーブルに突っ伏してしまった。

「ごめんなさい、勝手にもらえるかなと思ってました……」

今にも泣き出しそうな声をしている。思っていた以上にクマを落ち込ませてしまった。ちょっとやり過ぎたかもしれない。

「冗談よ、冗談。何か考えるから、これはありがたくいただくわ」

「本当ですか！」

クマはがばっと起き上がると、またにこにこし始めた。でも、ほっとしたのかどこか気の抜けたような顔にも見える。

「バレンタインはどうしよう？　ポストに入れておいたらいい？」

「はい！」

クマは今日聞いた中で一番大きな声で返事をしてくれた。

「いつから冬眠するの？」

本腰を入れて眠気が襲ってきた。眠たいし帰ろうかなと思った時、クマがそろそろ冬眠すると言っていたのを思い出した。私と違ってクマは長い眠りに入る。

「お鍋もたくさん食べたし、明日から寝ようと思います」

クマがぼんやり上を見ながら言ったので、私も釣られて天井を見る。当たり前だけれど天井には何もない。

「ねえ、冬眠ってどんな感じ？」

「どんな感じ……長い時間ぐっすり寝る感覚ですね。途中で起きることはないです。寝て、起きたら春が来ています」

「寝て起きたら春か……」

私は天井を見たまま想像してみる。疲れている時に深く眠り込んで、起きたらお昼近くになっていることがある。そんな感覚なのかな。

気がつけば春。起きたら寒さがなくなりぽかぽかしていて、落ち葉だらけだった地面は新しい緑色になっている。なんとも不思議な感じだ。私は天井を見るのをやめて視線をクマに戻す。

「いつ起きるの？」

「暖かくなったら、たぶん四月ぐらいだと思います」

クマはまだ天井を見ている。

「そっか、しばらく寂しくなるな」

私は素直に思ったことを言ってみた。

「でも同じマンションにはいますよ」

クマが私を見て言った。お日様みたいににこにこしている。クマの笑顔を見たら胸にあたたかいものを感じ、寂しさが少し薄れた。

「まあ、たしかにそうね……。そうだ、春になったらしたいことはある？」

「そうですね……あ、二つあります」

「二つ？」

「一つはお花見に行きたいです」

クマが顔をほんわかと緩ませながら言った。体中からぽわぽわとしたあたたかい空気を放っている。きっと頭の中は春でいっぱいなんだろう。

「お弁当を持って、桜の下でお花見がしたいんですよね」

クマは目を細めながら言った。そんなクマを見てお花見しているところを思い浮かべ、私も一緒に行きたくなった。

「それ、いいね。絶対行こう。せっかくなら温かいコーヒーとケーキも持って」

「それはいいですね！」

クマが目をきらきらと輝かせるので、私までなんだかわくわくしてきた。

「クマのもう一つのしたいことは？」

「あの……親子丼が食べてみたいです」

「親子丼？」

私は思わず首を傾げた。クマは親子丼を食べたことがないのだろうか？　不思議に思い改めてクマを見るとにこにこしていなかった。背筋をしゃんと伸ばし、真っ直ぐ座って私を優しい目で見つめてくる。

「どこか懐かしさを感じるおいしい親子丼を、ゆり子さんと一緒に食べられたらな、なんて……」

それを聞いて私は思わず下を向いてしまった。照れ臭いというか、恥ずかしいというか……前を向いていられなかった。ずずずと、クマがお茶を飲む音が部屋に響く。

こいつ、しれっとねじ込んできた。きっと私のおふくろの味のことを言っているんだろう。なんてやつだ。でも、驚いたことに何故かそのことを不快に思っていない自分にも気がついた。

おふくろの味、実は、最近私の中にも久々に食べたいと思う気持ちが少しずつ芽生え始めていたところだった。

「そう……機会があればね」

少しつっけんどんな口調で言ってしまった。

「はい、もちろん。気が向いたらお願いします」

クマと私は顔を見合わせてふふふと笑った。


「そろそろ帰るね」

時計を見ると日付が変わりそうだったので帰ることにした。帰ってお風呂に入ったらすぐに寝てしまいそうだ。

「あ、もうこんな時間！」

クマは時計を見るとびっくりしていた。目がまん丸になっているクマの顔を見て、改めてこのクマの顔は見ていて飽きないなあと思う。ころころ、ころころ表情がよく変わる。

私はクマにもらったプレゼントと、年賀状と、ガトーショコラの紙袋を持って玄関に向かった。靴を履いて玄関のドアを開けると、冷たい空気がずいっと入ってきた。やはり冬は寒いなあとしみじみ思う。

「じゃあクマ、お邪魔しました」

「いえいえそんな。ゆり子さん、おやすみなさい」

「クマもおやすみなさい」

そう言って家に向かおうとしてから、私は大事なことを思い出した。慌てて体をクマに向ける。

「クマ、今年は大変お世話になりました。良いお年を」

ちょっと。いや、かなり早いけれど、しばらく会わないのなら言わなくちゃと思ったのだ。クマは一瞬驚いた顔をしたが、すぐに嬉しそうににこにこし始めた。

「こちらこそお世話になりました。ゆり子さんも良いお年を」

そう言ってクマは笑顔で私を見送ってくれた。


家に帰った私はすぐにお風呂にお湯をはった。

お風呂に浸かりながら、クマに渡すクリスマスとバレンタインのプレゼントを考える。何がいいのかな。まだ時間はあるからゆっくり考えようと思う。それにしても、十一月に「良いお年を」って言う口が来るとは思ってもいなかった。なんだか不思議な気分だ。

お風呂上がりにクマがくれたクリスマスプレゼントを開けてみた。中には毛糸の赤いマフラーが入っていた。少し深みのある赤色で柔らかい肌触り、無地で大人な雰囲気のあるマフラーは、いろんな服に合わせやすそうだ。私はそっとマフラーを畳《たた》んでテーブルの上に置いた。


歯磨きをする前にクマがくれたガトーショコラを少しだけ食べてみた。おいしいけれど、ちょっぴりほろ苦い味が口の中に広がった。

物足りない冬

「物足りない……」

　まただ、また言ってしまった。日曜日の昼下がり、コンビニで買ったプリンを食べていたら、独り言が口から勝手に出てきた。

　プリンがおいしくない訳ではない。十分おいしい。でも、何か物足りない。その何かの正体は既にわかっている。もちろん正体がわかっていても、これぱかりはどうしようもないということも。

　せっかくの休みなのに家にいてもなんだか落ち着かない。悩んだ結果、私はコートを羽織ると家を出た。もちろんクマにもらったマフラーを巻いて。

　マンションの階段を降りると、クマの家が見えた。ドアには『冬眠中』と書かれた看板がかかっている。クマが冬眠すると言った翌日からドアにぶら下がっている看板は、よくお店の入り口で見かける『営業中』とか、『準備中』の看板みたいだった。

「いってきます」

私は看板に向かってぼそりと言うと散歩に出かけた。

今日はどこに行こうかな。あてもなくふらふらと歩く。

こないだ隣町の手作りマーケットに行ってきた。クマが日付を間違えたあの手作りマーケットが十二月にもあったのだ。

公園の中には屋台やキッチンカー、レジャーシートを広げたお店がたくさんあった。柴犬の焼き芋屋さん、ゾウのインドカレー屋さん、髭を伸ばしたおじいさんの雑貨屋さん。それから、ツルのガラス細工屋さんもあった。いろんなお店が出ていて、寒い日にもかかわらず公園の中は楽しい空気が満ちていた。

小腹が空いた私は、柴犬の焼き芋屋さんで焼き芋を二本買った。

「うちの焼き芋は冷めてもおいしいんです。アルミホイルを巻いてトースターで少し温めてもらったら、よりおいしくなりますよ」

焼き芋を受け取る時に柴犬が丁寧に教えてくれた。後ろ足で立って、緑のスカジャンを着た柴犬。とても様になっていて、思わず見惚《みと》れてしまいそうになった。

「機会があればまたお願いします」

ぺこりと頭を下げる柴犬に見送られながら、私は再び歩き始めた。

甘くてほくほくの焼き芋を食べながら、ゆっくりゆっくり公園の中を歩く。お芋はとってもおいしい。これはまた食べたくなるやつだ。体の中からほかほかして、寒さが気にならなくなってきた。

こういうところに来ると、つい何か買って帰りたくなってしまう。素敵な出会いはどこですか、そんなことを思いながら歩く。

十分ほどふらふらしていると、気になる看板を見つけた。カモシカの鞄屋さんの隣の小さなキッチンカー、その前には『ゴリラのケーキ』と書かれた看板が立ててあった。

「いらっしゃいませ」

黄色いキッチンカーの中で、たくましい体をしたゴリラが少し窮屈《きゅうくつ》そうにしている。ここはもしかしてクマが言っていたあのゴリラさんのお店かもしれない。

「あの、おすすめってなんですか？」

違ったらどうしようとも思ったけれど、私は思い切って聞いてみた。

「このバナナケーキです。おいしいですよ」

ゴリラさんはにっこりとしながら、おいしそうなパウンドケーキを見せてくれた。うん、間違いない。クマが言っていたお店だ。

「じゃあバナナケーキを一つください」

私は気になっていたバナナケーキを買うことができて満足した。私の中の何かが買いたいという欲求が、しゅるしゅると小さくなり、パチンと音を立てて消えた。

バナナケーキを受け取る時、ゴリラさんがキッチンカーの天井で頭を打つのが見えた。車全体がぐらっと揺れる。もう少し大きな車にしたらいいのに。思わずそう言いたくなったけれど、私は言わずに黙って受け取った。こんな時にクマが一緒にいたらお話しできるのに。

私は焼き芋とバナナケーキを持って公園を後にした。


先週は三毛猫の定食屋さんにお昼ごはんを食べに行った。もちろん一人で。

「そうか、あの子は冬眠の時期だね」

三毛猫は、お店に入った私を見た途端、そうだそうだと一匹で納得していた。

「あの子、いつも春みたいに明るいから、冬になっても冬眠するイメージがないんだよ」

三毛猫はそう言うと、くくくと笑った。

「わかります。私もなんだか変な感じなんですよね。冬眠するとか言って、実は起きてるんじゃないかなあなんて」

「わかるわ、私もそう思うもの」

私たちは顔を見合わせて笑い合った。

その日の日替わり定食は生姜《しょうが》焼《や》き定食だった。とってもおいしくって、私はごはんをお代わりした。定食を食べ終えて三毛猫とお話ししていると、気がつけば夕方になっていた。三毛猫のお店はやはり居心地が良くて、ついつい長居してしまう。

「早く春が来ないかしらね」

定食屋さんから帰る時、三毛猫が言った。

「そうですね」

私も素直にそう思った。

「いつでもおいで。私は冬眠しないからさ」

そう言った三毛猫はとても優しい目をしていた。

「はい」

私はここのごはんがどうして優しい味がするのかわかった気がした。三毛猫の優しさがじんわりと胸に沁みる。

手作りマーケットでも、三毛猫の定食屋さんでも、素敵な時間を過ごすことができた。柴犬の焼き芋は本当に冷めてもおいしかったし、ゴリラさんのバナナケーキももちろんおいしかった。バナナケーキはふわふわでしっとりしていて、また食べたいなあと思っている。

三毛猫とも仲良くなれた気がするし、ここ最近いいことばかりだ。でも、何か足りない。

冬は寂しい季節だから、余計にそう感じるのかもしれない。

「あ、そうだクマのクリスマスプレゼントを買わなきゃ」

私は肝心なことを忘れていた。ふらふらと散歩をしている場合じゃない。買うものはもう決まっているから、あとはお店で選ぶだけ。

今日の目的地が決まった。私はちょっぴり明るい気持ちになった。

実家に行ってみる

「どうして来ちゃったんだろう」

本当にそれしか言いようがない。私はぼんやりと目の前の小さな一軒家を見つめた。子どもの頃を過ごした家、そして、もう二度と来ることはないと思っていた家。

家を出て何年になるだろう。あまり考えたくはない。最後に見てからかなりの時間が経っているというのに、見た目は全く変わっていない。家も、そしてその周りの景色も。


年末の大掃除をした時に実家の鍵が出てきた。ずっと見ていなかったので、何かと一緒に捨ててしまったと思っていた。だから、普段あまり使わない鞄のポケットの奥から出てきた時は本当に驚いた。

「鍵って捨てていいのかな……」

そんな独り言を言いながらゴミ箱を見る。でも、流石に捨てるのは不味《まず》いかなあと思いぐっと踏みとどまった。それに、今の私なら行けるような気もする。何の根拠《こんきょ》もないけれど、そう思った私は鍵をテーブルの上に置いた。そしてそのまま年が明けた。

また今度、また今度の休みの日に行こう。そう先延ばしにしているうちに時は流れ、気がつけば二月になっていた。このまま春を迎えようかとも思ったけれど、考えた結果やめておいた。だって頭の端にクマの顔がチラついたから。

行ってやろうじゃないの。そう思えたのは今朝のことで、私は覚悟を決めて家を出た。今の家から電車で二時間。これだけ移動時間があれば、少しぐらい心に余裕ができると思っていた。でも、その考えは甘かったみたい。二時間の電車旅は知らぬ間に終わっていた。

私はそわそわした気持ちのまま電車を降り、そのままここまで歩いて来た。そして今、実家に来てしまったことを若干《じゃっかん》後悔している。

表札の名前も変わっていない。唯一変わったことと言えば、ベランダに干された洗濯物の量くらいだろう。私がいない分少なくなっている。

インターホンを鳴らす。でも反応はない。もう一度鳴らしてみるが、やはり反応はない。留守みたいだ。少し悩んだけれど、私は家に入ってみることにした。

鍵を回す。すると私の緊張に反して鍵は難なく開いた。そっとドアを開けて玄関に入ると、懐かしい光景が目に飛び込んでくる。小さな下駄箱、壁にかかった時計。そうだ、こんな感じだった。

廊下を進みリビングへ向かう。ゆっくり家の中を見ながら進むと、びっくりするぐらい家の中は何も変わっていなかった。家具の位置も匂いも、全部。あの頃のまま。

懐かしいと思った。そして、懐かしいと思っている自分に驚いた。私にもこんな感情があったんだなあとしみじみ思う。

家の中を見て回り、最後に私の部屋だったところに来た。思い切ってドアを開けてみると、私の部屋は私が家を出た時から時間が止まっていた。置いて行った本、筆記用具、勉強机にいたるまで、全てがそのままだった。埃が溜まっていることもなく、綺麗な私の部屋。思わず目が潤《うる》んだ。

母は私が出て行った後もずっと綺麗にしていてくれたんだ。出て行ってもう何年も経っているというのに、使いさしのメモ帳から、置き忘れた漫画までちゃんと残っている。もう二度と帰ってこないかもしれない。それなのに、私が出て行ってからの何年もの間、私が大切にしていたもの、そうでなかったもの、どちらも何一つないがしろにすることなく大事に置いていてくれた。出て行けと言われたけれど、もしかしたら私は母に嫌われていなかったのかもしれない。今まで考えたことのなかった可能性に、今更だけど気がついた。

「ここは、まだ私の部屋だったんだ……」

ぽつりと、胸の中に浮かび上がった言葉が口からこぼれた。もしも、もしも母が私のことを嫌いでないのなら、ちゃんと会って話すことができるかもしれない。そう思うと、私は日を改めて母と会いたくなった。でも、まさか自分がそんなふうに思うなんて思ってもいなかったので、自分の心境の変化にすごく驚いてもいた。

「世の中、何が起こるかわからないとは思っていたけど、まさかこんな日が来るなんてね……」

想定外の出来事に戸惑いながらも、なんだか嬉しいなと思っている自分もいる。何気なく頬を触ると、いつの間にか少し濡れていた。

家にいたのは三十分ほどだったと思う。

満足した私は家を出た。そして、もう一度家の外観を眺める。子どもの頃を過ごした家、もう二度と帰ることはないと思っていた家、でもこうしてまた帰ることができた家。今日、勇気を出してよかったと思う。

「今度は電話をしてから帰ってこようかな」

ちょっと背伸びをして言ってみた。口に出したらできるようになる気がして。いつになるかはわからないし、できるかどうかもわからない。でも、いつかそんな日が来たらいいなと心の底から思う。

家を後にして少し歩いた時、背後で何かが落ちるような音がした。中身の詰まった買い物袋が落ちるような大きな音。私は無意識に立ち止まっていた。そしてなんとなく察した。

いた。

「ゆり子なの？」

やっぱりそうだ。この声、もう何年も経っているけれどやっぱり変わってない。私は一度深呼吸をすると、思い切って振り返った。そうしたら思った通り、家の前に母が立っていた。

母は変わっていなかった。いや、変わっていないと言えば嘘になる。やはり少し老けていた。当たり前のことだけど、歳を重ねた母を見て、改めて時の流れを感じた。私を見て立ち尽くす母のすぐ右側にはレジ袋が落ちている。

母の姿を見た瞬間、頭の中でいろんな記憶が駆《か》け巡《めぐ》った。母にはずっと勉強しなさいと言われ続けた。母に褒められたい一心で、子どもの頃の私は勉強ばかりしていた。部活はできなかったし、もっといろいろなことがしてみたかったなと思う。でも、私は、女手一つで育ててくれた母に対して感謝していることももちろんある。

褒めてはくれなかったけれど、いつも勉強する私を支えてくれた。それに小さかった頃、私は母とスーパーに買い物に行くのが好きだった。お菓子は滅多《めった》に買ってもらえなかったけれど、一緒に食料品を見て夕飯を考えたり、買い物カゴを運んだり、手を繋いで帰ったり、そんな時間が大好きだった。

久しぶりに実家に帰り、母と会って、種々雑多《しゅしゅざった》な感情で心の中がぐちゃぐちゃになった私は、母にかける言葉がなかなか見つけられなかった。

「ただいま」

なんとか見つけた母への最初の言葉。頑張って笑って言おうとした。でもだめだった。ぼそぼそと情けない声が母との間に流れる。

「近くに来たからちょっと寄ってみたの」

母は驚いた顔のまま私を見つめている。何かを言おうとしているみたいだったが、口をわなわなさせたままで母からの返事はない。帰ったら怒られるかもしれない。母に会うまで心の中で少しそんなことも考えていたけれど、私を見る母の目に怒りの色は無かった。

「自分勝手な娘でごめんなさい。一生懸命育ててくれたのに……。でも、私は自分で自分が進む道を選びたかったの。正直、大変なことはいっぱいあるよ。でも、楽しいこともたくさんあるし、私は今、元気でやってるよ」

母に向かって説明するうちに、少しずつ自分の中で何かが溶けていくのを感じる。母は私の話す言葉を真剣な眼差しを向けながら聞いてくれていた。

「最近は、ふといろいろ子どもの頃のことを考える機会があってさ、それでその……帰ってきちゃった……。今日はもう帰るけど、もしよかったらまた帰ってきてもいいかな？」

やっと、少し笑いかけながら言えた。母に対する緊張がほんのちょっぴりほぐれたのを感じる。

「いいに……いいに決まってるじゃないの。だって、ここはあなたの家なんだから」

一言一言噛み締めるように紡《つむ》がれる母の言葉が胸に響く。

「あの……お母さんの方こそごめんなさい。お母さんは、あなたに幸せになって欲しくて、大人になってから苦労して欲しくなくて、それで最善と思うことをしていたつもりだったの。でも、それが単なる私の独りよがりだったって気がついたのは、あなたが出て行った後だったわ……」

項垂れる母はぼそりと「親として失格だったわね……」と呟いた。母がそんな風に思っていたなんて……。私は驚きのあまり言葉が出てこない。

「あの頃は自分勝手に押し付けてばかりで、本当に悪いことをしたと思っているの。だから、その……ごめんなさい」

涙を湛《たた》えながら言う母。家を出る時に見た怒った顔なんかじゃない、心から謝ってくれているのがわかる、そんな表情だった。今更だけど、今なら少しわかる気がする。やり方はさて置き、母は私のことを思ってくれていたんだと。そして、ずっと気にかけていてくれたんだとも。

「いいの、もう大丈夫だから」

本当はまだしこりは残っている。だってもう過ぎてしまった時間は戻せないから。でも、それでももう『大丈夫』だと思っている自分もいて、私は母との関係をやり直したいと心から思っている。

「そうなのね。あの……本当にありがとう」

そう言った母の顔は、安堵《あんど》しているようだった。そんな母の顔を見た途端、私の頭の中にあるお願いが浮かんだ。

「あのさ、すごく唐突《とうとつ》なんだけど、一つお願いしたいことがあるの……」

私は言いながら少し照れくさくなって、思わず俯きそうになる。そんな私を見て、母は「お願いって？」と言って、少し顔を強張らせた。

「こないだね、ふと、よく夜食に親子丼を作ってもらっていたことを思い出したの。それがすごく懐かしくてさ……それで、今度来た時にお母さんの親子丼が食べたいなあと思ったんだけど……だめかな？」

「親子丼？　私の？」

母はすごく不思議そうに私を見ている。

「そう、お母さんの親子丼がなんだか食べたくなっちゃって……」

「そんなものでいいの？」

「……うん、それがいいの」

今日までずっと絶縁状態だった親に、こんなお願いをするなんて……。言ってからとっても恥ずかしくなってきた。

「いいわよ。今度来る時は前もって連絡してちょうだい。ちゃんと用意しておくから」

そう言う母の顔からはもう緊張の色はすっかり消え、優しい笑顔が溢れていた。

実家からの帰り道、前に住んでいた賃貸マンションに寄ってみた。カワウソが火事を起こしたあのマンションだ。

マンションに行くことに特に意味はない。でも、なんだか急に行ってみたくなったのだ。粉雪がちらちらと舞い降る中を、私はふらりふらりと歩く。

マンションに着いて驚いた。火事があった一階の部屋はまだ真っ黒のままだった。大家さんは修理しなかったのかな？　私は気になってそっと部屋の中を覗いてみた。そしてまた驚いた。

真っ黒の部屋の中には、なんとトラネコと大家のおじさんがいた。一匹と一人は缶ビール片手に七輪を囲み、一緒に魚を炙っている。会話は聞こえないけど、とっても楽しそうだった。

「仲良くなったんだ……」

私は思わず呟いてしまった。すると、ぴくんとトラネコが耳を動かし私を見た。覗いたのがバレてしまった。

どきっとして私が冷や汗をかきながら固まっていると、トラネコは私に向かってパチンとウインクをし、そして何事もなかったかのように再び魚を炙り出した。

おいしそうな匂いをかぎながら、私はそーっとその場を後にして帰ることにした。

変わらないと思っていた。

母は私のことが嫌いになり、私は二度と実家には帰れないと思っていた。それは仕方のないことで、そういうものだと諦めていた。そもそも私が実家に帰りたいと思う日が来るなんて考えたこともなかった。

変わらないと思っていた。でも、実際は変わっていた。私は実家に帰りたくなったし、そして母と会い話もした。さらに、親子丼のお願いまでしてしまった。

変わらないものもあるだろう。実家の見た目は変わらなかった。周りの景色も家の中も同じだったし、黒焦げになったマンションの部屋もそのままだ。まあ、マンションの部屋が黒焦げのままなのはどうかと思うけど……。

母も私も変わっていた。トラネコと大家さんの関係も変わっていた。変わらないと思っていたことが、私の知らない間に変わっている。

取るに足りない小さなこと。でもなんだろう、その小さな変化が今の私には愛おしく思う。

あれ？　トラネコと大家さんの関係は私にあまり関係ないか。いや、そもそも私と母の関係と、トラネコと大家さんの関係は全く別物か。

頭の中をとりとめのない考えがぐるぐると巡る。おかしな私。でも、それはそれでいいような気がする。

今の我が家が見えた時、なんだかどっと疲れがやって来た。やっぱりかなり緊張していたみたいだ。

階段を上がる時、クマの家にかかった『冬眠中』の看板が見えた。

「ありがとう。それから、ただいま」

私は看板に向かって小声で言った。

春はお花見弁当を

満開の桜の木の下、コンビニで買った春限定の缶ビールを飲む。ビールのお供はもちろんお花見弁当。お弁当は当然私の手作りではなく、三毛猫の定食屋さんのテイクアウトだ。

「春だから新しいことをしてみようと思ってね」

先週お店に行ったら味見をさせてくれた。鰆《さわら》の西京焼きも、菜の花のからし和えも、とってもおいしかった。

「すごくおいしい。お花見に行く前に絶対に買いに来ますね」

私がそう言うと三毛猫は澄まし顔で「褒めても何も出ないよ」と言ったけれど、尻尾は後ろでぴーんと立っている。よく見ると顔もにやけるのを我慢しているようだった。

お花見弁当は二つ。桜の下のベンチには私一人。クマはまだ来ていない。

春になり桜の見頃がやってきた。

今朝、天気もいいしそろそろお花見にでも行こうかな、なんて考えながら朝ごはんを食べていると、「やったー！　春だー！　ぽかぽかだー！」と外から大きなクマの声が聞こえた。その声を聞いて、私はつい口に含んだコーヒーを吹き出しそうになった。クマは相変わらず元気みたいだ。

せっかくだからクマをお花見に誘ってみよう。私は頬が緩むのを感じながら朝ごはんの続きを食べ始めた。そうかやっと起きたんだ、ぽかぽかと胸の辺りがあたたかくなる。

朝ごはんの食器を片付け、洗濯物を干し、掃除機をかける。平日に溜まった家事を終わらせると、私はそのままの勢いで身支度を始めた。

くすんだデニムのシャツワンピースに、だぼっとした黒のパーカーを羽織る。化粧はいつも通り最低限。私は、黒いレザーのショルダーバッグを下げてブーツを履くと家を出た。

階段を降りてクマの家に行くと、『食事中』と書かれた看板がドアにぶら下がっていた。冬眠明けでお腹が減ってるのかな、そう思いながらそっと看板の裏を見てみる。看板の裏には『冬眠中』と書かれていた。

「冬眠中の裏は食事中だったんだ……」

面白くて思ったことをそのまま呟いてしまった。食事中ならどうしよう、声をかけると迷惑になるかもしれない。私はインターホンを鳴らすか悩んだ。

「あ、ゆり子さん！」

私が悩んでいると、後ろから明るい声がした。振り向くと、両手に食べ物でぱんぱんに膨らんだレジ袋を二つずつ持ったクマがいた。白いレジ袋から中に詰められた野菜や飲み物がうっすらと透けて見える。

「明けましておめでとうございます。今年もよろしくお願いします」

クマはぺこりと礼儀正しく頭を下げた。

「明けましておめでとう。こちらこそ今年もよろしく」

私もクマに倣って頭を下げた。季節外れなのはわかっているけど、仕方がないことなのでスルーしよう。

「起きたんだ」

「起きました！」

クマは今年も相変わらずにこにこしている。

「食事中？」

「はい、お腹が減って家にあった食べ物をひたすら食べていたんです。そしたら食べ物が底をついちゃって、スーパーに買い出しに行ってました」

冬眠明けのクマの食欲はすごいみたいだ。レジ袋を見て、重たそうだなと思った。

「お出かけですか？」

私を見て、クマが首を傾げる。

「うん。お花見に行こうかなと思って」

「いいですね！」

「クマも一緒にどう？」

「いいんですか！」

　クマの顔が輝いた。

「三毛猫の定食屋さんでお花見弁当を買って行くの」

「お花見弁当ですか！」

　クマの顔がさらに輝く。本当にわかりやすいクマだ。

「クマの準備が終わるまで待っててようか？」

　私がそう言うと、クマは申し訳なさそうな顔になった。

「今、腹八分、いや腹五分目ぐらいなんです。もう少し食べてお腹を落ち着かせてから行きたいんで、すみませんが先に行っててもらえますか？」

　クマがどれだけ食べ物を備蓄《びちく》していたのかはわからない。でも、起きた時のために、それなりに用意していたはずだ。それなのにまだ五分目って、お腹は大丈夫なのかな？　少し心配になったけど、クマはにこにこしているし、どうってことないようだ。

「わかった、じゃあ先にお弁当もらって待ってるね。定食屋さんの近くの河川敷《かせんじき》に行こうと思ってるの。場所はわかる？」

「はい、そこなら私もわかります」

「じゃあまた後で」

「はい、また後で」

私はにこにこ顔のクマが家に入るのを見届けてから、三毛猫の定食屋さんに向かった。クマが家に入ってから気がついたのだけれど、いつの間にか私もまた頬が少し緩んでいた。

「そう、あの子起きたんだ」

定食屋さんでクマのことを伝えると、三毛猫は嬉しそうに目を細めた。

「そうなんですよ。冬眠明けでお腹が減っているそうです。たくさん食べてお腹を落ち着かせてから来るって」

「お腹を落ち着かせるって、そんなにお腹が減ってたのかねえ」

「せっかくのおいしいお花見弁当だから、味わいながら食べたいんじゃないですか？」

三毛猫は私を見て「言うようになったね、あんたも」とにやにやしてから、厨房の奥にひっこんだ。

「じゃあこれも持っていきな」

奥から戻ってきた三毛猫はそう言うと、お花見弁当が二つ入った袋とは別に、もう一つ袋を渡してくれた。中にはおいしそうな唐揚げとカラフルな手まり寿司が詰められたパックが入っていた。

「ちょっと作り過ぎちゃってね。置いていても仕方がないしさ、よかったら持って行ってちょうだい」

「いいんですか？」

「いいのいいの、おまけだから」

澄まし顔で言う三毛猫。そんな彼女が私にはすごく素敵な女性に見えた。


定食屋さんのすぐ近くのコンビニでお酒を買い、私は上機嫌で河川敷に向かう。河川敷ではたくさんの桜の木が花を満開にしていた。既にお花見客がたくさんいたけれど、運良く大きな桜の木の下のベンチが空いていたので、私はそこに腰を下ろした。

お腹が減った私はクマを待たずにお花見弁当を開けてしまった。最初は中を見るだけにしようと思ったけれどだめだった。開けた途端、我慢ができなくなった私はすぐに割り箸を割り、その五分後には缶ビールも飲み始めた。お弁当はやっぱりおいしかった。

「ゆり子さーん！　あ、もう始めてる」

ビールを飲んでいるとクマが走ってきた。もちろん二足歩行で。クマは郵便屋さんみたいな黒っぽいショルダーバッグを下げ、頭には黒いキャスケットをかぶっている。

「食べるの待っててくれたら嬉しかったんですが……」

クマが少し不満そうに頬《ふく》を膨らませる。まるで子どもみたいだ。

「ごめんね、先に食べ始めちゃった」

ちょっぴり申し訳ない気持ちになった私は、おずおずとクマの分のお花見弁当とビールを渡す。クマは「ありがとうございます」と言ってくれたけれど、まだ少し不満そうだ。

「それからこれ、おまけだよって三毛猫さんにもらっちゃった」

いたたまれなくなった私は、少しでも空気を変えようと唐揚げと手まり寿司を見せた。するとクマの顔はたちまち明るくなり、嬉しそうににこにこし始めた。

「やったー！　三毛猫さんの唐揚げ大好きなんです。冷めても硬くならなくて、とってもおいしいんですよ」

唐揚げと手まり寿司の入ったパックを受け取ったクマは、「どっちから食べよう……」と悩み始め、一分ほど考えてからお花見弁当を食べ始めた。嬉しそうにお弁当を食べるクマを見て、私は心の中で三毛猫に感謝した。

「すごくおいしいですね。よかった、家でお腹を落ち着かせてから来て」

「やっぱり違うの？」

私は気になって聞いてみた。

「そりゃあ、違いますよ。冬眠明けのお腹が減った状態だと、お腹を満たすためにすごいスピードで食べちゃうんで味わえないんです」

クマはそう言うと何故か得意げな顔をした。今の内容のどこにそんな要素があったんだろう。わからなかったけれど、私は尋ねずにふふふと笑って流した。

「クリスマスプレゼントと年賀状、ありがとうございました」

ごはんを食べ終えてひと休みしていると、クマが嬉しそうに言った。

「早速かぶってくれたのね」

「はい、そりゃもちろん！」

そう言うとクマは嬉しそうにキャスケットを手に取った。クマのクリスマスプレゼントはキャスケットにした。なんとなく似合いそうな気がして。

百貨店の紳士服売り場、その隅っこにクマ向けコーナーはあった。普段、紳士服売り場なんて行かないから、売り場がわからず彷徨っていると優しい店員さんが声をかけてくれた。店員さんはシロクマだった。

「何かお探しですか？」

「シロクマさんは冬眠しないんですか？」

シロクマの質問を無視して、私は思わず聞いてしまった。そして衝動的に聞いてしまった自分が恥ずかしくなり、一気に顔が熱くなった。

「ごめんなさい、いきなり失礼ですよね」

「いえいえお気になさらず。シロクマは冬でも動けるんですよ」

シロクマの店員さんは爽《さわ》やかな笑顔で教えてくれた。怒っていないようだったので、私は少しほっとした。シロクマの店員さんにクマ用のキャスケットを探していることを伝えると、彼は売り場まで連れて行ってくれた。

「私でこれぐらいのサイズですので、ツキノワグマさんならこのサイズがいいかと」

シロクマの店員さんに相談しながらキャスケットのサイズを選んだ。だから、サイズは大丈夫だと思うけれど、どうだろう？　私は心配になり、隣に座るクマを見る。

「もしかして小さかった？」

私は不安になって聞いてみた。

「もし小さかったらサイズ交換もできるって言ってたから……」

「え、ぴったりですよ。すごく嬉しいです！」

クマはにこにこしながら言った。にこにこ笑うクマにキャスケットはとても似合っていて、私はふっと肩の力が抜けた。言うなら今かもしれない、そう思った私はこっそり一度深呼吸をしてから覚悟を決めた。

「クマ」

「はい、なんでしょう？」

私の呼びかけにクマは首を傾げる。

「私からのバレンタインチョコはありません」

「え、そんな。残念……」

クマの顔が一気に曇る。見るからにしょぼんとしている。

「でも、その代わり」

「その代わり？」

「おいしい親子丼を食べに行かない？」

言い終えた途端、私はちょっと照れくさくなった。少し顔が熱い。いや、すごく熱い。なんとか目を逸らさないように我慢しようとしたけれど無理だった。私は少しだけ缶に残っていたビールをぐいっと飲み干す。

クマはそんな私を見て、優しい笑みを浮かべて嬉しそうにこう言った。

「いつ行きます？　明日にします？」

相変わらずせっかちなクマだ。それは唐突すぎるだろう。私がクマに呆れていると、突然強い風が私たちの間を吹き抜けた。

風に乗って桜の花が舞い、そして一枚の花びらがクマの鼻の上に着地した。私はそれを見て思わず笑ってしまった。

クマを連れて行ったら母は驚くだろう。でも、きっと大丈夫。素敵な食事会になる気がする。

一年前に送った
クマのおばあちゃんへの手紙

おばあちゃんへ

お元気ですか？　私は元気です。

先週、冬眠から起きて春を満喫《まんきつ》していると、マンションに新しい人が引っ越して来ました。ゆり子さんっていう人間の女性です。ここ最近ずっとマンションでひとりぼっちだったのですごく嬉しいです。


そうだ、ゆり子さんとお茶したんです！　ゆり子さんが引っ越してきた日に、はちみつのロールケーキを持って挨拶に来てくださったんです。その時思い切ってコーヒーのお誘いをしてみたら、家に上がってくれました。

あれ、コーヒーを一緒に飲んだのに「お茶した」って言うのは変ですね。えっと、コーヒーを一緒に飲んだんです！

子どもの頃におばあちゃんがお話ししてくれたクマの昔話にずっと憧れていたので、誰かと一緒にコーヒーが飲めてすごく嬉しかったです。

そうそう、その時に聞いたんですが、ゆり子さんは前のお家が火事になったそうです。その理由がすごくて、カワウソさんと鰹さんが戦った結果火事が起きたんだとか。そんなこともあるんですね。世の中いろんなことがあるんだなあと改めて思いました。

ゆり子さん、とっても素敵な方だったのでお友だちになれたらいいなと思っています。いろんなところに一緒に遊びに行けたらなあなんて。植物園とか三毛猫の定食屋さんとか。またお手紙書きますね。おばあちゃんもどうかお元気で。

孫のクマより

第2章 マンションで過ごす二年目

仕事帰りのコンビニで

「気になりますか？」

「…………」

「でも、これはお酒だからまだだめですよ」

「…………」

「かわいいデザインですもんね。でも、ヒヨコはお酒を飲んじゃだめなんです。こっちのオレンジジュースはどうですか？」

「…………」

「そうですよね、おいしそうですもんね……でも今はこっちにしておきませんか？　お酒はニワトリになってからでなきゃだめなんですよ、ね？」

　コンビニの奥、冷えた飲み物がたくさん並んだドリンクコーナーから、なんだかゆるい会話が聞こえる。いや、会話じゃないか。聞こえるのは一方的に誰かに語りかけるよく知った声だけだ。

仕事帰りに甘いものが食べたくなって立ち寄ったコンビニ。馴染《なじ》みのある声がする方に行くと、やっぱりクマがいた。黒くて大きなツキノワグマが、しゃがみ込んで誰かと話している。

「何をしているの？」

「あ、ゆり子さん！　こんばんは」

「はい、こんばんは」

にこにこしながら立ち上がり挨拶をしてくれたクマ。クマは私と同じマンションの一階に住んでいるご近所さんだ。因《ちな》みに私は二階に住んでいる。

クマの足元を見ると、一羽の可愛らしいヒヨコがいた。黄色くてふよふよした丸っこいヒヨコ。つぶらな瞳をきらきらさせてこちらを見上げている。

「この子は？」

「おつかいに来たヒヨコさんです！　お母さんから食パンと牛乳を買ってくるように言われたそうなんですが、このオレンジの缶チューハイがおいしそうで気になるみたいで……」

説明の途中から声がどんどん小さくなり、最終的には困った顔をしたクマ。クマはヒヨコとお酒を交互に見てから、私に「助けてください」と書いた顔を向けてきた。心なしか毛並みもしゅんとしていて元気がない。

クマが指を差したお酒はたしかにおいしそうだった。オレンジ果汁100%の缶チューハイ。爽やかなブルーのパッケージに、みずみずしいオレンジが描かれている。私が子どもでもきっと飲んでみたくなっただろうな。果汁100%って書いてあると、なんだかジュースみたいだし。

一方ヒヨコはというと、クマを不満そうにじとっと見てから、私にはきらきらさせたつぶらな瞳で視線を送ってきた。もし、大きな木の下にヒヨコがいたらこんなふうに見えるのかな、なんて考えているとついつい顔が緩む。

かわいいなあ、癒《いや》されながらヒヨコを見つめていると上から何やらちくちくしたものを感じた。ちくちくした視線の送り主を見ると、不満そうに頬を膨らませている。針でつんとしたら弾けそうなぐらい。

あ……しまった。恥ずかしい。

私は顔が赤くなりそうになるのを必死に堪えながら小さく息を整えた。それからさっきまでのでれでれをなかったことにするために、顔をなんとか普通に戻す。

立ったままお話しするとかなり高低差があったので、私はしゃがみ込んでヒヨコになるべく目線の高さを近づけた。

「このお酒が気になるの？」

手始めに聞いてみた。聞くまでもなくわかってはいるけどとりあえず。

無言で頷くヒヨコ。ああ、かわいい。思わず撫でたくなるのをぐっと我慢する。ここででれでれしちゃいけない。

「でも、お酒は大人になってからでないとだめなの」

ヒヨコの顔が曇る。ヒヨコも私なんかに言われなくても、そんなこと百も承知だろう。でも、このパッケージに心を奪われてしまったんだろうな。小さな小さな体の後ろに「この人もわかってくれない……」と、心の声が浮かび上がっている気がした。ああ、不服そうな顔もとってもかわいい。私は思わず緩みそうになる顔の筋肉を何とか引き締める。この子を説得するにはどうしたらいいかな。私は頭をぐるぐる回す。すると、すぐにいいことを思いついた。ヒヨコに顔を近づけて、小声であることを告げた。

「！？！？」

大慌てのヒヨコ。冷蔵庫のお酒を見る。私を見る。お酒を見る。私を見る。ヒヨコは何度か素早くきょろきょろすると、がくんと肩を落とし、がっかりした顔をしながらお酒コーナーを後にした。

私は「ごめんね」と心の中で言いながら、どこか寂しそうに丸くなったヒヨコの後ろ姿を見送る。許せヒヨコ。意地悪《いじわる》をした訳ではないけれど、なんだか少し胸が痛む。

「さ、私たちも買い物を済ませちゃいましょう」

よいしょ、っと立ち上がりクマを見ると、クマの目がビー玉のように点になっていた。まんまるで綺麗な目の中に私が映っている。なんだか鏡みたい。

「どうしたの？」

「ゆり子さん、一体ヒヨコさんになんて言ったんですか？　私があんなに苦戦していたのに、あっさり諦めさせるなんて……」

困惑しているクマを見て、こんな表情もするんだなあと新しい発見をして少し面白かった。

「ふふふ、内緒」

私はそう言い残すと、果汁１００％のオレンジの缶チューハイを二本買い物カゴに入れてからスイーツコーナーに向かった。ちらりと振り向いてみると、クマがお酒コーナーの前でぽつねんと立ったままだった。

「そうだ！　もしよかったら一緒に夕食でもどうですか？」

スイーツコーナーで今夜のデザートをプリンにするか杏仁豆腐《あんにんどうふ》にするか悩んでいると、クマがにこにこしながら聞いてきた。疲れた私ににこにこが少し眩しい。相変わらず元気なやつだ。

「いいの？　今夜は疲れているから何か作ってくれるならすごくありがたいんだけど」

ついつい本音が出た。スーパーの特売日に買ったボロネーゼのパスタソースがあったから、今夜は簡単にそれで済まそうと思っていた。でも、だんだんそれも面倒になってきて、もうコンビニで何か買って帰ろうかと思っていたところだった。

ストレート過ぎたかなあとも思ったけれど、今更クマに対して変に気をつかうのもなんだし、まあいいか。そんなことを瞬時に頭の中で考える。時間にしてたぶん二秒ぐらいだと思う。

「任せてください！　昨日とってもいい春キャベツが手に入ったんですよ」

クマが誇らしげに胸を張る。胸を張る内容がほのぼのしているというかゆるいというか、私は思わずふふふと笑ってしまった。

「じゃあ、お呼ばれしようかな」

「やったー！　じゃあほら、早く帰りましょう」

そう言うとクマはすたこらとレジへ向かった。私は遠ざかる大きな背中に向かって、ついつい微笑みかけてしまった。時間にしてまたまた二秒ほど。すぐに我に返って恥ずかしくなる。ああ、顔が熱い。

何もなかったような顔をして売り場に並ぶスイーツを見る。さてどうしようかな……。

少し悩んでから私は、たまごたっぷりの特大プリンと杏仁豆腐を一つずつカゴに入れてレジに向かった。杏仁豆腐は私の分、特大プリンはクマの分。プリンも食べたいから一口、いや二口ほどもらうとしよう。

「ゆり子さん、ちょっとこの子を送ってきます！」

レジに向かうと、先に会計を終えたクマから謎の宣言を受けた。どの子のことかは聞かなくてもすぐにわかった。クマの左肩にヒヨコが乗っていたから。もちろんさっき缶チューハイに心を奪われていたあのヒヨコだ。ヒヨコは普段と違う目線の高さに感動しているのか、嬉しそうな顔で目を輝かせている。

「はい、いってらっしゃい」

「いってきます！　ゆり子さんは先に帰ってうちの前で待っててください。すぐに追いかけますから！」

クマはにこにこしながらそう言うと、とことこ早歩きでコンビニを出ていった。

二足歩行で歩いていくクマ。五百ミリリットルの缶ビールが透けて見えるレジ袋ともう一つ、一リットルの牛乳パックと食パンが透けて見えるレジ袋を持っていた。ヒヨコにとっては大荷物だから運んであげるのだろう。お人好しならぬお熊好しである。

「でも、あんな大荷物、ヒヨコはどうやって持って帰るつもりだったんだろう？」

コンビニを出た時、頭にぽかんと疑問が浮かんだ。私がヒヨコならどうやって運ぶかな。

ずりずり引きずるか、手押し車か、カートで運ぶか。いやいや、待て待て。そもそも牛乳パックも食パンもヒヨコよりも大きかった。本当にどうするつもりだったんだろう。物理的に無理がある。

「あの子はもうすぐ家に着くんだって！　いや、だから大きなツキノワグマさんが肩に乗せて……え？　おれ？　まだコンビニの前の駐輪スペースだってば」

慌てた雰囲気の漂う声が近くで聞こえた。そしてすぐに私は察した。もしかして……あ、やっぱり。見回してみると駐輪スペースの隅の方に台車が一台置いてあり、そしてその上でぱたぱたと忙しなく動きながらニワトリが電話をしている。

「ツキノワグマさんが家に来てもびっくりして叫ばないでね！　お母さんはすぐ大きな声を出すから。じゃあね」

ニワトリはそう言って電話を切ると、大慌てで台車を押して走っていった。

たぶん今のニワトリはさっきのヒヨコのお父さんなんだろう。心配してついてきたのか、もしくは荷物運び要員として派遣されたのかどっちかなんだと思う。それでコンビニの前で待っていたのにクマが連れて帰っちゃったんだ。

「あちゃー……」

がたごとがたごとと台車を押しながら、すごい速さで遠ざかっていくニワトリの背中に向かって、私は思わず呟いてしまった。

ちゃんとクマはヒヨコを送り届けられたかな？　ニワトリのお父さんはクマたちに追い付けたかな？　そんなことを心配しながら歩いていると、いつの間にかうちのマンションに到着していた。そして、私が到着した直後にどたどたと大きな足音と「お待たせしました－！」という大きな声が背後から飛んできた。

「近所迷惑でしょ！」

恥ずかしくて反射的にお熊好しを注意したら、思わず私も大きな声を出してしまった。結果、私の恥ずかしい声が夜の道路に響き渡った。

「ニワトリさんには悪いことをしちゃいました……」

少ししょぼくれ顔のクマ。クマは部屋に向かいながら、コンビニで分かれてからのことを報告してくれた。クマはちゃんとヒヨコを家まで送り届けることができたものの、盛大に叫ばれてしまったそうだ。もちろん叫んだのはお母さんニワトリだ。残念ながらお父さんニワトリはクマたちに追い付けず、電話も信じてもらえなかったらしい。どんまい、お父さん。

「まあまあ、そんなこともあるって」

私はもふもふとクマの肩を優しく叩いた。うん、叩いてもぽんぽんとはならないあたり、やはりクマだなあと思う。人間と比べて毛が密集しているから当たり前のことだけど。

「いらっしゃいませー」

ガチャガチャと鍵を開けてクマがドアを開けてくれた。中からとってもいい匂いがする。

「お邪魔しまーす」

私は鼻をくんくんしながら家に入り、ぱちんと玄関の電気をつける。この匂い、なんだろう？　おいしそうな匂いが家の中に充満している。

「ちゃんと手洗いうがいをしてくださいねー」

匂いを頼りに廊下を進み、台所に向かっていると後ろから注意された。一瞬クマの言いつけを無視しようかと思ったけれど、仕方がないので洗面所に手を洗いに行った。

手を洗いながら「なんだかお母さんみたい」とぼそぼそ呟く。すると「お母さんじゃないですよー」とクマがにこにこ顔で言いながらやってきた。くそう、なんだろう。いつもは子どもっぽいくせに。なんだか悔しい。

「おいしそう！」

クマに促されるまま、大きな木のテーブルの横の丸太の椅子に座って待っていると、カラフルでおいしそうなスープが出てきた。クマが出してくれたのは春キャベツのスープだった。新たまねぎとミニトマト、ブロッコリーにソーセージが入っている。おいしそうな匂いの正体はこれだった。

少し照れくさくて小声で「いただきます」をしてスープを一口。優しい味が口いっぱいに広がり、あたたかい気持ちになった。

「招待してくれてありがとう。このスープすごくおいしい」

そう言ってクマを見ると、クマはにこにこしながら奥に引っ込んでいった。どうしたんだろう？　なんて思いながらスープを食べ続けていると、チーン！　と軽快な音が鳴る。そして音に遅れてこんがりとした香りが、ふわりふわりとやってきた。

「スープと一緒にどうぞ」

クマがトーストした薄切りのバゲットを持ってきてくれた。こちらもとってもいい香り。

「ヤギのパン屋さんで買ったんです」

クマがにこりとして言った。ヤギのパン屋さんと言えば、駅前で人気のパン屋さんだ。朝早くからとってもいい香りがしていて、いつも賑わっている。

「スーパーで立派な春キャベツを買ってスープを作ったんですが、ついつい作り過ぎちゃったんです。それでゆり子さんと一緒に食べたいなーと思ってパンも用意してました」

そう言いながらクマは自分の分のスープを持って私の前に座ると、おいしそうに食べ始めた。

「やっぱり一人で食べるより、ゆり子さんと一緒に食べる方がおいしいです」

満足そうに言うクマ。

「へー、そうなんだ」

それしか言えなかった。私は思わず照れそうになり、慌ててバゲットを口に入れる。するとバゲットがとってもおいしくて、私は平常心を取り戻すことができた。


「ゆり子さん、ご相談があります」

丸太の椅子に座りながら一緒に食後のコーヒーを飲んでいると、クマが真面目な顔で話し出した。突然の真面目なトーンに、私はすっと背筋が伸びた。何を言い出す気なんだろう。少し緊張する。

「あの、マンションの入り口に花の種を蒔《ま》いてもいいですか？」

「え？」

「あ、だめですか？」

「え？　花の種？」

「はい、花の種です」

なんだそんなことか、と思いつつもクマにとっては大切な話のようなので、私は顔に出さないように気持ちをぐっと抑え込んだ。花の種。頭の中にひまわりやハイビスカス、マリーゴールドなど色とりどりの様々な花のイメージが次々に浮かぶ。

「花の種を蒔くって、大家さんはいいって言ってくれたの？」

「はい！　もう何年も手入れができてないから、自由にしてくれていいって」

たしかにマンションの前の花壇は、植物たちの無法地帯になっている。大家さんは高齢のおばあさんだ。手入れをするのは大変だから、クマがやってくれるというのは大家さんにとってとても助かるのかもしれない。大家さんがいいなら反対する理由はない。

「いいよ」

「やったー！」

クマが嬉しそうに両手を上げる。

「何の種にするの？」

「今、四つ蒔きたいなと思っているお花があるんです」

「何のお花？」

「朝顔と昼顔と夕顔と夜顔です！」

ん？　私は思わず首を傾げる。朝顔は知っているけれど、他のはあまり聞き覚えがない。

「昼顔も夕顔も夜顔もみんな朝顔と似たお花なんです。でも、それぞれお花が咲く時間帯が違うんですよ」

クマはそう言って丁寧にそれぞれの花が咲く時間帯や花の特徴、それから夕顔だけがウリ科で、それ以外はヒルガオ科であることを教えてくれた。

「どうしてその四種類なの？」

クマの説明を聞いて私の中に新たな疑問が生まれた。どれか一つにした方が、ぱーっと一斉に咲いて気持ちがよさそうな気がする。

「咲く時間帯が違うお花の種を蒔いておけば、夏になったらいつマンションの前を通っても綺麗なお花が見られるなーと思ったんです。ゆり子さんが朝仕事に行く時も、夕方や夜に帰ってきた時も。それから私がお昼に絵を描きに出かける時も。マンションの前を通ったらずっとお花が咲いているっていいと思いませんか？」

クマにそう言われて、私は頭の中で何時でも可愛らしい花が咲いている、かわいいマンションの入り口を想像してみた。朝出かける時も、仕事に疲れて帰ってきた時も、花が私を見送り出迎えてくれる。なるほど、たしかにそれは素敵だと思う。

「それ、すごくいい！　花が咲くのが楽しみね」

思わずにこにこしながら言ってしまった。なんだか私もクマみたいだ。

「ゆり子さん、まだ種蒔きも終わってないですよ」

私とクマは思わず顔を見合わせて、一緒にくすくす笑った。

夏が来るのが楽しみだ。

夏のお出かけは手土産を持って

「そんなに悩まなくても大丈夫だって……ね？」

難しい顔でショーケースを睨《にら》みつけるクマ。こういう時、真剣に悩むことが悪いとは思わないけど、真剣過ぎるとちょっと困るなあと思うのは、私だけじゃないはず。ほらやっぱり、クマの表情を見て、店員のシカのお姉さんも少し困り顔だ。

「あのー、どれにするかお悩みでしょうか？　もしよかったらお話をお伺いしますが……」

白シャツの制服がよく似合うシカのお姉さん。目がぱっちりしていて、とってもかわいい。大学生ぐらいかな？　そんなことを考えながら再びクマを見る。クマに反応はない。

クマの視線の先にはお菓子の詰め合わせがたくさん並んでいる。クマはそれらを見ながらずーっと小声で「マドレーヌはどうかな？　いや、でもビスケットかな……いやいやゼリーにした方がいいかな……」と呟いている。

クマは麦わら帽子をかぶっているのだけれど、ショーケースに近づきすぎているせいで帽子のつばがガラスに当たって曲がっている。そこまで真剣にならなくてもいいのに……。

「来週夏休みがとれたから実家に遊びに行くけど、クマも一緒に行く？」

　こないだの日曜日のお昼、クマの家でそうめんを食べている時に声をかけてみた。うちの母の親子丼が食べたいと前に言っていたから、どうかなと思ったのだ。

　因みに、そうめんは冷たい麺つゆに細切りの大葉、きゅうり、みょうが、錦糸卵《きんしたまご》にハム、梅干しという、クマのおばあちゃん曰く『王道のトッピング』だった。この夏、私は何度もお昼にそうめんをこの王道のトッピングでいただいている。

「いいんですか!?　やったー！　行きます行きます！」

　クマは嬉しそうにはしゃいだ。そんなに喜んでもらえるとは思っていなかったので、私は少しびっくりした。そしてそんなこんなで、今日は私の実家にクマと遊びに行くことになった。

　朝九時に私たちはマンションを出た。大きな麦わら帽子をかぶってきたクマ。麦わら帽子はクマにとっても似合っていた。歩きながら「似合ってるわね」と声をかけたら、クマがにこにこしながら「ありがとうございます！」と大きな声で言った。

　蝉《せみ》の大合唱を聞きながら駅に向かう途中、クマが手土産を買いたいと言い出した。そんなの気にしなくていいよって言ったけれど、クマがぶんぶん首を横に振ったので、私たちは今、駅前の洋菓子屋さんに来ている。

「あのー、お客様……」

シカのお姉さんが再びクマに声をかける。でもやっぱりクマに反応はない。私たち以外にお客はいないけれど、流石にお姉さんが可哀想《かわいそう》だ。

私はやれやれと思いながら、クマがかぶる麦わら帽子のてっぺんに右手で軽くチョップした。ぽすっと軽い音が鳴る。

「ほへ？　ゆり子さん？」

クマがきょとんとした顔で私を見る。

「クマ、真剣に考えてくれるのは嬉しいけれど」

「けれど？」

「顔がショーケースに迫りすぎ」

「え？　あ！　わっごめんなさい」

クマははっとした顔になると、あわあわしながらシカのお姉さんに謝った。そんなクマを見ながらシカのお姉さんを横目でチラリと見ると、ちょっとほっとした顔をしている。

うん、やっぱりお姉さんはかわいい。

「私、フィナンシェとマドレーヌが食べたい」

「フィナンシェとマドレーヌですか？　ゆり子さんのお母さんもフィナンシェとマドレー

ヌは好きですかね？」

腕を組み「うーん」と言いながらクマが聞いてきた。

「味の好みは私と同じだから大丈夫よ」

私はさらりと嘘をついた。母の味の好みはよく覚えていないし、フィナンシェもマドレーヌも単に私が食べたいだけだ。

「わかりました！　お姉さん、このマドレーヌとフィナンシェのセットを一つください！」

クマがようやく注文したので、シカのお姉さんは安心したのか、とっても明るくてかわいい笑顔で「かしこまりました！」と言ってくれた。

うん、やっぱりこのお姉さんはすごくかわいいな。てきぱきとお菓子の準備をしてくれるのをついじーっと見てしまう。そんなことを考えながら、困らせてごめんねと胸の中で謝った。


手土産を買って駅に向かい、クマと並んで電車に揺られること二時間。クマは私の右隣でずーっと気持ちよさそうに寝ていた。私は電車に乗ってしばらくは本を読んでいたけれど、気がついたら私も寝てしまっていた。

実家の最寄駅の一つ手前の駅に到着するアナウンスが聞こえて目が覚めた。すると私はいつの間にかクマに思いっきりもたれかかっていた。

「あ、ごめん！」

私は慌てて座り直してクマを見る。でも、クマはまだぐっすりと寝ていた。なんだよ、気づいてないのか。ほっとしたようなそうでないような、ちょっと恥ずかしいような……うまく言えない。でも、胸の中がもやっとした。

そうこうしているうちにアナウンスが実家の最寄駅に到着することを告げる。

「クマ！　ほら、起きて！　行くよ」

電車の停車と同時に私は右手でクマの鼻をぎゅっとつまんだ。


ほががっ！

クマが何事かときょろきょろしながら飛び起きる。もう、本当に無防備なクマだ。戸惑うクマを置いて私は先に電車を降りた。きっと私のすぐ後ろにクマはついてきているだろう、そう思っていた私は、振り向いた時に初めてクマと私の間に二メートル以上距離があったことに気がついた。

がたん、ぷしゅー……

音を立てて電車のドアが閉まる。

『あ！　わ！　ゆり子さん、ごめんなさい！　すぐ戻りまぁ……』

「え!?　クマ、あんた！」

クマが降りる直前にドアが閉まり、そのまま電車がゆっくりと走り出してしまった。クマを乗せた電車はどんどん遠ざかっていく。

「まったくあの子は……もう……」

そう言いながら私はため息をついた。

わかっている、私が悪かったってことぐらい。わかっているけど、まさかこんなことになるなんて予測できるわけないでしょ！

炎天下、私はホームのベンチに座りクマが戻ってくるのを待つことにした。


「お待たせしました……」

電車を降りそびれたクマと無事に合流できた。クマは顔を真っ赤にしていた。照れているのか、暑さのせいなのか、たぶんどちらも原因だろう。手土産もちゃんと忘れずに持っている。もし慌てて折り返す時に忘れてきたらどうしよう、なんて思ったけれど大丈夫だったみたい。

駅を出る。日傘をさした私がクマの少し前を歩く。まあ、前と言っても私の一歩分ぐらい。たった一歩分の間隔、でも、それがなんだか新鮮に感じる。だっていつもクマと歩く時は、真横か私が後ろだから。

通り慣れた駅から実家までの道。静かな住宅街を抜け、何年も前に通った小学校の前を通り、小さな公園の中を抜ける。

「初めて来る町を歩くのは楽しいですねー」

周りをきょろきょろしながら歩くクマ。初めてなのはクマだけよ、と言いかけたけどやめておいた。「そうねー」と私は軽く合わせる。

「あ、初めてなのは私だけか!」

私がせっかく合わせてあげたのにすぐに気がついたクマ。私がにやにやしながら見上げると、クマは帽子をずらし顔を隠した。このクマは本当にうっかりさんだなあと思う。

実家が見えてきた。こうして自分の実家に帰るようになるなんて、去年じゃ考えられなかった。そしてまさかツキノワグマを連れて帰ってくるなんて、夢にも思わなかったなあ……。

そもそも実家に誰かを招くこと自体初めてだ。たぶん、初めてだと思う。なんだかそれも感慨深《かんがいぶか》い。

歩道の車道側を機嫌良く歩くクマの手には、いつの間にか一本のねこじゃらしが握られていた。右手に手土産、左手に青々としたねこじゃらし。クマはたまに、ふさりふさりとねこじゃらしを振って遊んでいる。

ねこじゃらしの季節にはまだ少し早い気がする。せっかちなねこじゃらしなのかもしれないなあと思いつつ、ふさりふさりと遊ぶクマを見てほっこりしているうちに実家に到着した。

「ようこそ、私の実家へ」

こんな時なんて言ったらいいんだろう。鍵を開けながらなんとか言葉をひねり出す。でも、全くしっくりとこなくて、思わず顔をむすっとしてしまいそうになった。

ドアを開けてクマを中に通すと、クマはすぐに元気な声で「こんにちはー！　お邪魔しまーす！」と言った。クマの声が玄関に響くとすぐに、母がスリッパをぱたぱたと鳴らしながら出てきた。

「ようこそ、いらっしゃい。お待ちしてました」

母の顔を見た途端、私たちはやっぱり親子だなと思った。客を招き慣れていないのだろう。母も私と同じように、自分の言葉に納得できていなそうな顔をしている。いや、でもそもそも人間サイズの家だと、狭い思いをさせてしまいかねないので、家にクマを招き慣れている人なんてそうそういない気もした。

緊張気味の母を気にする様子もなく、クマは家に上がった。クマに緊張の気配はない。そりゃそうか、直前までねこじゃらしで遊んでたもの。あれ、ねこじゃらしはどこにやったんだろう？　いつの間にかクマの手からねこじゃらしがなくなっていた。

気まずい空気になったらどうしよう。そんな私の心配は杞憂《きゆう》に終わった。洗面所で手を洗ってリビングに行き、クマが「つまらないものですが……」と言いつつ母に手土産を渡すと同時にお腹が鳴る音がした。大きな音の発生源は、もちろんクマのお腹。

「ごめんなさい、お昼だなーと思ったら、お腹が減っちゃって……」

頭をぽりぽりかきながら、クマが照れ臭そうに言った。そういえばそろそろお昼の時間だ。壁にかかった時計を見ると、ちょうど正午を指している。たしかに私もお腹が減ってきていた。

「お母さん、私もお腹減った」

クマのお腹の音のおかげで、私はすごく自然な流れで主張できた。そんな私たちを見て、母はふふふと笑った。

「そうね、お昼にしましょう。ちゃんと親子丼を準備しておいたから、テーブルに座って待ってて」

そう言って台所に向かう母からは、完全に緊張の色が消えていた。

「とってもおいしいです！」

クマは母の親子丼を大絶賛した。ごろりとしたお肉、とろりとしたたまご、くたくたの玉ねぎ。私の子どもの頃と変わらぬ母の親子丼。自分でも親子丼はたまに作るけれど、私が作る親子丼よりもはるかにおいしかった。そして、親子丼と一緒に出してくれたお豆腐と玉ねぎとわかめのお味噌汁もとってもおいしかった。

冬に実家に来てから、私は月一回ぐらいのペースで実家に顔を出している。でも、親子丼はクマと一緒に食べようと思っていたので、ずっと我慢していた。

「うん、やっぱりお母さんの親子丼はおいしい」

私も素直に思ったことを言った。すると、テーブルを挟んで、私たちの向かい側に座る母が嬉しそうに照れていた。

「何よあんたまで、ただの親子丼よ？　今まで一度もそんなこと言ってくれたことなかったのに」

「そうだっけ？」

私は思わず首を傾げる。

「そうよ。だからあんたに親子丼が食べたいって言われた時、かなりびっくりしたんだから」

「えー、そうなんだ」

母と話していると、横から視線を感じた。クマを見ると、にこにこ顔で私を見ていたので、恥ずかしくなった私は、テーブルの下でクマの足を蹴った。

「いたっ」

痛がるクマ、そんなクマを見て「どうかしたの？」と言い不思議そうな顔をしている母、そんな彼らを無視する私。私は黙々と親子丼を食べ続けた。

「いえ、大丈夫です。あ、でも、あの……」

クマは母の顔をちらりと見ると、急にもじもじし始めた。なんだろう、さっきまでのびのびしていたくせに。急にクマの態度が変わったので気になった。

「どうかしたの？」

母も親子丼を食べる手を止めてクマを見た。

「ごはんのおかわりをさせていただけませんか？　親子丼もお味噌汁もすっごくおいしくて、夢中で食べちゃったんですが、まだお腹が空いていて……すみません……」

クマがもじもじしながら、しゅるしゅると縮こまっていく。そして、そんなクマの前には空っぽのどんぶり鉢と汁椀が並んでいた。母は最初きょとんとした顔をしていたが、その顔は徐々に緩んでいき、最後はあははははと大笑いした。私もつられて笑ってしまった。

「ええ、大丈夫よ。あなたが食いしん坊だって聞いたから、多めに準備していたの。親子丼もう一杯分作れるけど食べる？」

ひとしきり笑って、笑い過ぎて、涙目になった母が聞くと、クマの顔がぱあっと輝いた。

「いいんですか!?　ありがとうございます！　いただきます！」

クマの元気な声が部屋中に響く。嬉しそうに顔を輝かせるクマを見て、連れてきて良かったと私は心から思った。

親子丼を食べた後、クマが親子丼のレシピを教えてくれと母に言った。

「昔買った本のレシピだったと思うけど……いいの？」

そんな大層なものじゃないのに、と言いたげな母を見てクマはにこにこ。クマの元気な

「是非お願いします！」が部屋に響く。

「そう？　なら本を探してくるわね」

そう言いながら母はよいしょっと腰を上げ、足取り軽く廊下に消えた。廊下に消えた母を期待の眼差しで待つクマを見て、改めてクマの適応力の高さに感心しつつ、でもその反面ため息が出そうになる。

まさかこんなに早く母と打ち解けるなんて……来る前はそもそも打ち解けることができ

るかなと心配すらしていたのに。

「どうしたんですか？　そんなにぶすーっとしちゃって」

いつの間にか口をとんがらせていたみたい。不満がにじんだ私の顔を見て、クマが首を傾げている。

「なんでもない」

私はそっぽを向いて誤魔化そうとしたのに、「もしかして、何か不貞腐《ふてくさ》れてます？」と後ろからクマがいたずらっ子のように小声で言うのが聞こえた。

むっとした私が、テーブルの下でクマの足をふんっとかかとで踏むと、「いたっ！」クマが天井を見上げるようにして小さく叫んだ。そしてそんなタイミングで、ぱたぱたとスリッパを鳴らしながら母が戻ってきた。

「この本のレシピなんだけど……あら、どうかしたの？」

天井を見上げたままのクマを見て、首を傾げる母。

「な、なんでもないです……」

ゆっくり顔を下げつつ情けない声で嘘をつくクマを無視し、「私もレシピ覚えて帰るね」と言って、私は母の持つお料理の本を受け取りテーブルに広げた。

年季の入った教科書のようなお料理の本をぺらぺらとめくる。春夏秋冬の順に旬《しゅん》の食材を使ったレシピが載っていて、お料理は手の込んだものから簡単な煮物まで、カラフルな写真が紙面を彩る。

おいしそうな写真がいっぱい、でもどこかで見たことがあるなあと思っていたら、どれも母が作ってくれた献立だと気がついた。母はこの本を見ながらごはんを作ってくれていたんだ。

「わー！　おいしそうなお料理がいっぱいですね」

私が夢中になってぺらぺらしていると、知らぬ間にクマも横で目をきらきらさせて見ていた。

「うん、この本のお料理はどれもとってもおいしいの」

「やっぱり！　いいですねー。あ！　このミネストローネすごくおいしそう！」

クマが指を差した写真は、食欲をそそる赤いスープに具がたくさん入ったミネストローネだった。そういえば、母が作るミネストローネも、たしかこの写真みたいに具沢山だったなあと思う。

ふと母が気になり前を見ると、私とクマをあたたかい目で見ていた。

「あなたたち、仲がいいのね」

私の視線に気がついた母が笑顔でそう言った。

「はい！　ゆり子さんには仲良くしてもらってます」

なんて返事をしようかなと私が考えているうちに、隣でクマがふふん！　と胸を張りながら言った。クマよ、どうしてそんなに得意げなの？　私はそんなクマを見て何故か顔が熱くなりそうになる。

「それはよかった。これからもこの子と仲良くしてやってね」

「はい、もちろんです！」

優しく微笑む母、にこにこしながら何故かしたり顔なクマ。そんなクマの横で、私は顔を背けて赤くなったのを誤魔化すのに必死だった。

料理本を見ながら、私たちは普段どんなお料理をしているのかずーっと話していた。母とクマが今の旬はなんだ、そろそろあれが食べ頃だ、おすすめの調理方法はこれこれだ、と話すのを私はもっぱら聞くばかりだった。クマの手土産の焼き菓子を片手に、母が出してくれた紅茶を飲みつつ、テンポ良く続く会話を聞く。

母はクマのホットケーキに興味津々で、クマが今度焼きに来ることになった。来た初日に、まさかこんなに打ち解けるなんて思わなかったけれど、もう私はあまり驚かなかった。だって……クマだもの。

夕日が窓から差し込んだのを頃合いに、私たちは帰ることにした。私が靴を履いていると、「そこまで見送るわ」と、母もサンダルを履いて家の前まで出てきてくれた。

「また来るね」

いつも通りの私。照れもないし、顔も熱くない。

「いつでも遊びにおいで」

いつも通りの母。私とクマに笑顔で言ってくれた。

「いいんですか!?　やったー！　また遊びに来ますね！」

いつも通りのクマ。いや、いつもより元気二割り増しぐらいだろうか。うん、ちょっと声が大きい。そんなクマに少し呆れていると、母と目が合った。私たちはふふふと笑った。


「それじゃ」

私がそう言ったのをきっかけに、私たちは駅に向かって歩き出した。歩き出してすぐに「あ、そうだ！」とクマが言い、振り向くと「絶対にホットケーキを焼きに来ますねー！」と叫んだ。叫ばなくても聞こえる距離だし、近所迷惑だからやめなさい、と思ったけど言うのはやめておいた。だって母が嬉しそうな顔をしていたから。

「今日は本当にありがとうございましたー！」

大きな声で手を振るクマ。そんなクマに母も小さく手を振った。手を振る母の顔が赤いのは、きっと夕焼けに照らされているからだけじゃないと思う。うん、やはり私たちは親子だ。

しばらく歩いていると、何かが視界の端で揺れているのが見えた。何かなと思いクマを見ると、クマの手にはねこじゃらしが握られていた。どうやら実家の玄関の隅に置いていたようだ。本当にマイペースなクマだなあと思う。人の実家に遊びに来て玄関にねこじゃらしを置く、そんな話は今まで聞いたことがない。

「そうだ、機会があればお母さんにもマンションに遊びに来てもらえばいいんじゃないですか？」

突然クマが言った。クマを見ると顔には「ひらめいた！」と書いてあるみたいだった。とってもわかりやすい顔をしたクマの右手で、ねこじゃらしがふわりと揺れる。

「なるほど……たしかにうちに呼んだことなかったな」

「少し遠いから、お母さんしんどいですかね？」

「どうかな？　でも、誘ってみるのはいいかもしれない」

「でしょー！」

隣を見なくてもわかった。今、クマは絶対に得意げな顔をしている。ふふんと言って胸を張る、そんな気配が隣から漂っているから。

日中の暑さの余韻《よいん》を感じる夕日の中を、クマと一緒に並んで歩く。想定外のこともあったけれど、とっても楽しい一日だったなと素直に思う。

「今日は誘ってくださってありがとうございました。とっても楽しかったです！」

私が通った小学校の前に差し掛かった時、クマが真面目な声で言った。見上げると真っ直ぐに目が合った。クマは黒く光る綺麗な目をしている。

「ゆり子さんのお母さん、とっても素敵な人ですね」

自分の親のことを素敵な人と初めて言われ、私はなんだかくすぐったい気持ちになった。決して嫌な気持ちなんかじゃなく、ふわふわ、ほかほか、あたたかくて嬉しい。不思議な感情。以前の私なら絶対にこんな気持ちになることはなかっただろうな。私の中で、母との関わりがどんどん変わっていっていることに改めて気がついた。

「でしょう？　私の自慢の母親だもん」

思いきって言ってみた。言ってみたものの、すぐに顔が熱くなった私は、クマからひょいっとねこじゃらしを盗んで揺らしてみた。「あ！」と驚くクマを無視しつつ、ふわりふわりと揺れるねこじゃらしは、見ていてなんだか楽しかった。

「私こそありがとう」

頑張って言ったら、思わずつんとした言い方になってしまった。そんな自分が恥ずかしかったけれど、ねこじゃらしを揺らしているとほんのちょっぴり気が紛《まぎ》れる。

「いえいえ、とんでもない」

そう言うクマの笑顔はとっても優しかった。

夏の終わりの買い物帰り

誰も悪くない、悪いのは私。

足をくじいた。お昼過ぎ、薄い水彩絵の具で描いたような空を見ながら歩いていた。もうすぐ夏が終わるなあと、弱々しく鳴く蝉の声を聞いてそんなことを考えていたら、ぐきっとやってしまった。道路に情けない声を響かせながら、重力に逆らうことなくどさりと体を道路に打ち付けた。

せっかくの有給休暇、駅前の本屋さんに行ってお料理の本を立ち読みして帰ってくるところだった。レシピサイトやアプリがあるから、本なんて買わなくてもお料理はいくらでもできる。でも、こないだ実家で母のお料理の本を見てから、一冊ぐらい買ってもいいかなと思い見に行ったのだ。

いくつか気になる本はあった。でも、どれも決め手に欠けると言うか、これ！　という本がなかったので、もう少し様子を見ることにして今日は買わずに帰ってきた。

せっかく気分良く過ごしていたのに。ちょっと……いや、かなりへこむ。

幸い血は出ていない。穿いていたデニムが少し擦れただけで、服も破れていない。でも、でも、でも……。

「いったぁぁ……！」

我慢できずに声が出た。痛い。とっても痛い。転んだのが久しぶりすぎて、こんなに痛いなんて忘れていた。そして熱い。もうすぐ夏が終わるとはいえ、アスファルトってこんなに熱いのか。

転んだことがちょっとショックで、すぐに立ち上がることができず、私は座り込んでいた。痛いし熱いしなんだか涙が出そうになってきた。しかし、流石にこんなところで泣きたくはない。涙の代わりにため息をついた。

「あの、大丈夫ですか？　立てますか？」

後ろから、いや、後ろのかなり上の方から声が降ってきた。びっくりして振り返ると、きゅっと引き締まった茶色い脚が見えた。その脚をつたって見上げると、大きな馬が私を見下ろしていた。ツヤツヤと光沢のある毛並みをした、爽やか系イケメンの若い馬だった。

「立てますか？　すみません、私は見てのとおり手をお貸しすることができないものですから……」

「そんなそんな、お気遣いいただきありがとうございます」

申し訳なさそうに話す四足歩行の馬さんを見て、私は慌てて立ち上がり、足についた砂を払う。でも、すぐに右足首に痛みを感じ、「いっ！」と叫びながらぐらりとよろけた。

ああ、また私は転ぶのか。一日に二回も転ぶなんてついてない、そんなことが頭をよぎる。

ゆっくりと傾いていく世界、私には全てがスローモーションに見えた。視界はとってもゆっくりと動いていくのに、私の体は全く言うことを聞いてくれず、ただただ地面に着地するのを待っているみたいだ。

ぼふっ……

おや？　転ばなかった。気づけば私は黒くて大きな手の中にいた。見上げると大きな大きなゴリラが私を見下ろしているではないか。少し白髪の交じったナイスミドルなゴリラだった。

「大丈夫ですか？　足を痛めてらっしゃるのでは？」

「あ、ありがとうございます。どうやら右足をくじいたみたいで……」

「それはいけない」

そう言ってゴリラ……いや、ゴリラさんは私の右足を見て、それから馬さんの顔を見た。ゴリラさんと馬さんは顔を見合わせるとこくんと頷き合った。

「お姉さん、お家はこの辺りですか？」

　突然のゴリラさんの質問に戸惑いつつも、私は「はい、歩いて十分ぐらいのところです」と素直に答えた。

「ならよかった。もしよければこいつの背中に乗りませんか？　お家までお送りしますよ」

　ゴリラさんはぴんと立てた右手の親指をくいっとして、馬さんを指さした。馬さんも爽やかな笑顔で私を見ている。なんだこの方々は、イケメンが過ぎる。

「え、そんな、いいんですか？」

「どうぞどうぞ」

　私が恐縮していると、馬さんが優しく言ってくれた。

「じゃあ、お言葉に甘えて……本当にありがとうございます」

　嬉しいやら、恥ずかしいやらで私は少し困惑していた。でも、足首がかなり痛むので、この申し出はとってもありがたい。

「じゃあ、早速乗せますね」

　ゴリラさんはそう言うや否や、「ちょっと失礼しますね」と言いながら私を後ろからひょいと抱き上げた。そして慣れた手つきですとんと馬さんの背中に乗せてくれた。

「乗り心地はいかがですか？」

馬さんがこちらに首をほんの少し曲げて具合を聞いてくれた。そうか、馬は視野が広いから、これだけで後ろが見えるんだ。私はそのことに気づいて、ちょっぴり嬉しくなった。

「思っていたよりも高くてびっくりしてます。私、こんなふうに乗るの初めてで……」

私は少し緊張しながら答えた。そう、馬さんの背中は思っていたよりも高くて、そして少し硬かった。でも、硬いなと思ったことはなんだか申し訳なくて言わないでおいた。


爽やか系イケメンの馬さんとイケオジゴリラさんはご近所さんらしい。馬さんは今年大学を卒業して働き始めたばかり、ゴリラさんは年金暮らし。歳はかなり離れているけれど、同じアパートに住んでいて、よく一緒に遊んでいるそうだ。今日は今から買い物に行って、帰りにどこかで飲むつもりらしい。

「すみません、遠回りをさせてしまって」

申し訳なくて謝ると、馬さんがぶるぶると首を振った。

「とんでもない。困った時はみんなお互い様ですよ。ねえ?」

馬さんがゴリラさんに爽やかに問いかけると、ゴリラさんが優しい笑顔で「そうそう。気にしなくて大丈夫ですよ」と私に言ってくれた。ああ、なんて優しいんだろう。私は胸の奥がじーんとした。

私のマンションに近づくにつれて、開花時間を気にせず咲いた、真っ白で綺麗な夕顔と夜顔の花が見えてきた。夏が来る前にクマと一緒に種を蒔いた朝顔、昼顔、夕顔、夜顔の花。秋の足音が聞こえ始めた今でも綺麗に花を咲かせている。

「あの白い花が咲いたマンションの前までお願いします」

私がそう言った時、ちょうどタイミングよく緑の大きなじょうろを持ったクマがマンションの前に出てきた。

「あ、クマだ」

私が思わずそう言うと、クマの耳がぴくぴくっと動いた。そしてこちらを見ると、満面の笑みで「ゆり子さーん」と言いかけた。うん、たぶん言いかけたんだと思う。

「ゆり子さ……わー！　わ！　すごいすごい！　かっこいいですね！　馬さんに乗ってどうしたんですか？」

まるで目の中にLEDでも仕込んでいるんじゃないかってぐらい、クマは目を輝かせて言った。

「お知り合いのようですね」

「……ええ、ご近所さんなんです」

優しい笑顔で私を見るゴリラさんを、私は直視できなかった。だって湯気が出るんじゃないかってぐらい、顔が熱くて仕方がなかったから。

馬さんに乗った私を見たクマは、最初は目を輝かせていたものの、ゴリラさんから事情を聞いた途端一気に光を失った。

「ここまでありがとうございました」

まるで私の保護者かと思うぐらい、ぺこぺこと頭を下げてお礼を言うクマを見て、ゴリラさんは「そんな、とんでもないことでございます」と丁寧に言った。ゴリラって今までごつごつとしてワイルドなイメージだったけれど、ゴリラさんにはそんな雰囲気はなく、初老の紳士にしか見えない。このゴリラさん、一体何者なんだろう。

「ゆり子さん、降ろしますよー」

私がゴリラさんの正体についてぐるぐると考えていると、後ろから聞き慣れた声がした。そしてその声の後、私の体はひょいとクマに持ち上げられ、馬さんの背中が名残惜しいなと思う間も無く私は地上に降り立った。

「痛くないですか？」

心配そうな顔のクマ。私が「もう痛みは引いてきたから大丈夫」と伝えると、クマはほっと胸を撫で下ろした。

「救急セットがあるからうちに来てください。簡単にしかできませんが、手当てしときましょう」

「ありがとう。じゃあお邪魔するわ」

私の家には絆創膏《ばんそうこう》と消毒液ぐらいしかないので、クマの申し出はとてもありがたかった。

「早く良くなるといいですね」

爽やかな笑顔で言ってくれた馬さんを見て、「ここまでありがとうございました」と言いつつ私の頭の中は別のことでいっぱいだった。実は、馬さんの背中に乗るのがとっても楽しかったから、いつかまた乗る機会があったらいいなーなんて考えていた。私がそんなことを考えていると、視界の端にきらきらと光る何かがちらついた。

「あの、いつか私も馬さんに乗ってみたいなーと思っているんですが……」

目を輝かせて馬さんに話すクマを、思わず私は二度見した。クマよ、あんたは重すぎるだろう。馬さんを見ると、もともと小ぶりで可愛らしい目が、さらに小さく真っ黒の点になっている。

「お知り合いの中に、私でも乗せてもらえそうな馬さんはいらっしゃいませんか？」

クマの質問を聞いて、私は膝から崩れ落ちそうになった。乗せてくれって言うんじゃないんかい！　確実に今の雰囲気は乗りたいって言う感じだったでしょ！　心の中で私は叫んだ。でもまあそりゃそうか。この爽やかイケメンの馬さんがクマを乗せることは誰が見ても不可能だ。クマはちゃんと自分を客観視できていたようだ。

「え？　あ、知り合いにですか？　そうですね……そうだ！　運送業をやっている伯父《おじ》がいるんですが、その伯父なら乗せてくれると思いますよ」

きっとこの爽やかイケメンも自分に乗りたいと言われると思ったのだろう。顔に安心の色が見える。そんなイケメンを見て紳士なゴリラさんが面白そうに笑っていた。

「本当ですか！」

「はい、今度伯父に聞いてみますね」

「やったー！　ありがとうございます！」

嬉しそうに飛び跳ねるクマを見て、私はほんわかとしたあたたかい気持ちになった。


「それじゃあ私たちはこれで」

ゴリラさんはそう言うと、馬さんとともに歩いていった。遠ざかる彼らを見送り、さあクマの家に行こうと思った瞬間、私の体はまたまたひょいと持ち上げられた。

「ゆり子さん、足が腫《は》れてるんだから無理に歩いちゃだめです」

「いやいや、少しぐらい大丈夫だって」

「だめです」

クマはそう言って私をお姫様抱っこしながら歩き始めた。周りには誰もいない。でも、誰にも見られていないとわかっていても、まさかこの歳で自分がお姫様抱っこをされるなんて思っていなかったから、なんだかすごく恥ずかしかった。

クマの家にお邪魔した私は、すぐにくじいた足の手当てをしてもらった。

「せっかく浴衣《ゆかた》でも着ようかなと思っていたのに、こんなに足が腫れるなんて……本当に残念」

明日、隣町の端っこを走る大きな川で、花火大会が開かれる予定だったので、私とクマは見に行く約束をしていた。クマが手当てを終えて救急箱を片付けるのを見ながら、私が口を尖らせて言うと、クマがきょとんとした顔で私を見た。

「治ってから浴衣を着たらいいじゃないですか？」

「でも、花火大会は明日でしょ？」

「何言ってるんですか？　明日は花火大会行っちゃだめですよ」

「え？」

「そんな足で遠出するなんて、危ないですよ」

腫れ上がった私の足の先を見て、きっぱりと言い切るクマ。なんだか厳しいお母さんみたいな雰囲気があって、反抗しにくい。でも、ここで折れる訳にはいかない。今年は浴衣で花火を見て夏を締めくくりたいと思っていたんだもの。

「ゆっくり歩けば痛くないし、絶対大丈夫」

食い下がる私に、クマは「じゃあ、無理して行って悪化したらどうするんです？」と正論をぶつけてきた。返す言葉がなかった私は、黙ることしかできず、部屋の中に気まずい沈黙が流れた。

テーピングを巻いた足を冷やすために、クマはビニール袋に氷を入れて持ってきてくれた。氷を受け取る時、「そんな足で歩き回るなんてだめです」とぴしゃりと言われた。大人気ないのは自分でもわかっている。でも、不貞腐れた私は口を尖らせて黙り込んだ。

その後私は何度も「大丈夫」と言ったけど、クマは聞き入れてくれなかった。

「明日は大人しくしときましょう。花火は来年行けばいいじゃないですか」

「私は今年花火が見たいの」

「だめです」

「えー」

クマが私のことを心配してくれていることはよくわかる。ありがたいなとも思っているけど、少しぐらい無理させてくれてもいいんじゃないかなあとも思ってしまう。

「花火大会には行けませんが、明日の夕方はマンションの前でしたいことがあります」

そう言うとクマは立ち上がり、どたどたと小走りで廊下に消えた。そしてまたどたどたと戻ってくると、自慢げに細長い紙の小箱を私に見せた。

「何これ？」

「開けてみてください」

クマはにこにこしながら私を見ている。促されるまま箱を受け取り開けてみると、中には線香花火が入っていた。線香花火は何色もの色で綺麗に染められた和紙でできていて、このままでもとってもかわいくて美しい。線香花火は全部で十本。どれも手作りなんだろう、一目見ただけでも丁寧に作られていることがわかる。

「どうしたのこれ？」

「テレビで素敵な花火屋さんが紹介されていたので買ってみました！　夏が終わる前にゆり子さんとできたらなーと思いまして」

えっへん、と何故かクマは自慢げに胸を張っている。そんなクマを見ていろいろ言いたいことはあったけれど、私はあえて何も言わないことにした。線香花火なんてもう何年もしていない。線香花火で締める夏。うん、そんな夏もありかもしれない。

「明日はマンションの前でこれをしながらビールでもどうですか？　ごはんはそうですね、三毛猫さんのテイクアウトなんてどうです？」

クマがにこにこしながら聞いてきた。なんて魅力的な提案だろう。

「それは……ありかも」

私には断る理由がなかった。

読書の秋……の前に母の言葉

「血は争えないわね」

これは私の母の言葉だ。この言葉がずっと頭から離れない。言われたのは昔ではなく、今年のことだ。しかもかなり最近、つい二週間ほど前のことだ。

少し涼しくなり、秋らしいものを探しに近所の和菓子屋さんに行った。そして、そこで買った芋ようかんを片手に実家に顔を出すと、母にあからさまにがっかりした顔をされた。

「おかえりなさい」とは言ってくれたけど、目が物語っている。せっかく親子関係が良くなってきている娘が帰ってきたというのにその顔はないだろう。「何よその顔は」と、思わずむっとした顔で言ってしまった。

「今日はクマさんは一緒じゃないのね……」

落ち込む母には私の発言を気にする様子はない。

「そりゃあ、いつも一緒にいるわけじゃないって」

「えー、せっかくまた会えると思ったのに、残念」

どうして一度しか会っていないのに、母はこんなにクマを気に入っているのだろう。いや、別にクマに悪い要素はないのだけれど、なんだかこう、釈然《しゃくぜん》としない。

残念がる母を無視して家に上がり、私はダイニングに向かう。

「芋ようかん買ってきたから一緒に食べようよ」

「あら、お土産？　ありがとう。今温かいお茶をいれるから座ってて」

「うん、お願い」

母の厚意をありがたく受け取り、私はどかっとダイニングテーブルにつく。

近頃の天気の話、私の仕事の話、週末の出来事など、たわいのない話をしながら二人でお湯が沸くのを待つ。お湯が沸き、温かいお茶を出してもらってからは、お茶と一緒に芋ようかんを母と食す。ああ、おいしい。優しい甘さが心地いい。やっぱり秋はいいなあと改めて思う。

「クマさん、次はいつ来てくれるかしら？」

お茶をすすりながら母が言う。

「何よ、そんなにクマに会いたいの？」

私もお茶をすすりながら聞く。

「そりゃあ、会いたいわよ。そもそも、あんたがあんな風に誰かを紹介するなんて、今までなかったでしょう?」

「まあ、そうだけど……」

なんて答えたらいいのかわからず、私は思わず言葉を濁《にご》した。視線を感じて母を見ると、テーブルの向かい側で何故かにやにやしていた。何か面白いものを見つけたような、すごく楽しそうな笑顔だ。

「ちょっと、どうしてそんなに笑ってるの?」

私はつい不機嫌な声で聞いてしまったけれど、母にそれを気にする気配はない。それどころかより一層楽しそうな顔をして「血は争えないわね」と、小さな声でこぼした。

「それってどういうこと?」

母の呟きの意味が私にはよくわからなかった。

「ごめんごめん、いいの。こっちの話だから」

その後私がいくら詰め寄っても、母はのらりくらりとして教えてくれなかった。こんな母はかなり珍しい気がする。

二人で食べるにはちょっと多いかなと思っていた八本詰めの芋ようかん。母と話しながら食べているうちに、気がつけば残り二本になっていた。母と私で三本ずつ、流石にお腹が張っている。私がお腹を軽くさすっていると「ちょっと食べすぎたかも……」と、母が言った。

芋ようかんで膨れたお腹が落ち着くの待ちながら、今度は私が温かいお茶のおかわりを用意してあげた。お茶を用意する私を見て、母は「自分でいれるより人にいれてもらうお茶の方がおいしいのよねー」と、誰にともなく、でも嬉しそうに言った。私はそれがなんだかくすぐったかった。

お腹が落ち着いてから、私は母にお料理の本を借りて、これからの旬の食材のレシピをいくつかぱしゃぱしゃとスマートフォンで写真を撮らせてもらった。写真を撮りながらも頭の片隅に母の呟きが引っかかっていたけれど、結局母は何も教えてくれなかった。

「今度来る時はクマさんも誘ってらっしゃいよ」

帰る時、母はにやにやしながら言った。この笑顔、さっきも見たなあと思いつつ、私は「機会があればねー」と言って、軽く流して実家を後にした。

実家からの帰り道、母の言葉が頭から離れず心の中がもやもやした。でも時間が経てば気にならなくなるだろう、そう思っていた。思っていたのに……。

「ゆり子さん、どうしたんですか？」

クマの声で私ははっと我に返った。隣を見ると、クマが不思議そうにこちらを見ている。

「ごめん、ちょっとぼんやりしてた」と言って、私はすぐに誤魔化した。今日、私はクマとお昼から古本市に来ている。

一昨日の金曜日の夕方、仕事から帰ってくるとマンションの前で朝顔たちに水やりをしているクマに会った。

「クマ、こんばんは。水やりありがとう」

たまにしか水やりができていない私の代わりに、クマは小まめに朝顔たちのお世話をしてくれている。もう花は少なくなってきたけれど、まだ葉は青々している。

「こんばんは、ゆり子さん！　今日もお疲れ様でした。あの、晩ごはんはもう食べましたか？」

「クマも一週間お疲れ様。ごはんはまだなの。冷蔵庫の中を見て献立を決めるつもり」

私はそう言ってから、冷蔵庫の中を改めて考えてみる。何かあったと思う一方で、もうかなり中がすかすかになっていたような気もする。何もなかったらどうしよう……少し心配になる。

「あの、もし昨日の残り物でよかったら一緒に食べませんか？」

冷蔵庫の中を想像していると、クマがにこにこしながら聞いてきた。クマよ、昨日の残り物でお誘いってあまり聞かないぞ、そんなことを思いつつも私は黙っておいた。私を黙らせるだけの威力が、クマのにこにこにはあった。

「いいの？　じゃあご相伴《しょうばん》にあずかろうかな」

冷蔵庫の中が空っぽだと辛いので、私はクマのお誘いを受けることにした。

「やったー！」

嬉しそうに喜ぶクマ。相変わらず反応がわかりやすい。

「でも、昨日の残り物ってなんなの？」

「ふふふ、おでんです！　昨日たくさん作っておいたんですよー」

「は？」

私は思わず全身から力が抜けるのがわかった。

「クマ、そういうのは早く言ってよ。おでんは二日目の方が味が染み込んでいておいしいんだから、残り物どころか今日が本番でしょうが！」

私はそう言ってから思わずため息をついた。でも、クマには全く響かなかったようで相変わらずにこにこしている。

「たしかにそうですね！　あ、そうだ、こないだスーパーで店員の白猫さんがおすすめしてくれた日本酒があるんです。おでんと一緒にどうですか？」

クマがさらににこにことしながら聞いてきた。なんだろう、夕方だというのにクマの後ろが輝いて見えた。少し眩しいくらいだ。

「それ、断る理由なんてないでしょ」

私がなんとなく恥ずかしくなり素っ気なく即答すると、クマは返事を聞くや否や「やったー！」と言って嬉しそうに飛び跳ねだした。どしんどしんと大きな音が響いているけれど、まあ今日ぐらいは大目に見てあげよう。ご近所のみなさんごめんなさい。私は心の中で誰にも届かぬ謝罪を述べた。

そういうことで、私はクマの家でおいしいおでんと日本酒をご馳走《ちそう》になった。そして、その時に、日曜日に古本市があるから一緒に行こうと誘われ、私は上機嫌で「それ、断る理由なんてないでしょ」と言ってクマを喜ばせた。喜ぶクマを見て満足した私は、その後すぐに日曜の古本市のことを忘れてしまった。

今朝、十時までだらだらと布団に潜っていたら、「おはようございまーす！」と大きな声が玄関の方から聞こえた。何事かと思い、私が重たいまぶたをこじ開けると同時に、「古本市、そろそろ行きませんかー？」と叫ばれた。クマの言葉を聞いた私は、自分が約束したことをすぐに思い出し、自分のうっかりした性格に嫌気がさした。クマに少し待ってもらい、大急ぎで準備をして、そんなこんなで今である。

私はクマと一緒に隣町の神社でやっている古本市に来ている。毎年十一月の第一日曜日に開催されるイベントで、いろんな本が並んでいる。わくわくしながら見ていたのに、ふと母の言葉を思い出して、またもやもやしたものを胸に感じていた。

「ゆり子さん、大丈夫です？」

クマが心配そうにこちらを見るので、私は「大丈夫、大丈夫。考え事してただけだから」と、笑って誤魔化したけれど、胸の中のもやもやは消えずに残ったままだった。


和菓子だ。

四季折々のいろんな和菓子のイラストがちりばめられた、可愛らしい表紙の絵本を、クマが目をきらきらさせながら眺めている。たしかにとってもかわいいし、家に飾ってもお洒落だろう。和菓子の絵本ってあったんだなあと、私は心の中で少し驚きながらクマを見ていた。

「クマ、この本買うの？」

とりあえず聞いてみた。まあ、聞いたけど買うって言うだろうなと思っていた。しかし、私の予想に反して、クマは「ちょっと悩んでます」と言うと、腕組みしながら私を見た。クマは眉間に深いしわを寄せて、困った顔をしている。

「え、なんで？　欲しいんじゃないの？」

私は思わず首を傾げた。すると、私が首を傾げたのとほとんど同じタイミングで、視界の端で何かが動いた。気になって見てみると、本が並ぶテーブルの向こう側、パイプ椅子に座って店番をしていた白ヤギのおじいさんも首を傾げている。

「いやあ、私もクマのお兄さんは、この絵本を買ってくれそうだなあと思って見ていたものですから」

私の視線に気づいたおじいさんは照れくさそうに、少し顔を赤らめて言った。おじいさんは黒いハンチング帽子をかぶっていて、それがとっても似合っている。

「帽子、とってもお似合いですね」

私が言うと「いやあ、照れますね。これ、孫が買ってくれたんですよ」と、おじいさんは優しい笑顔を見せてくれた。

「よかったら、これでもどうぞ」

和菓子の絵本を眺め続けるクマを見ていると、ヤギのおじいさんがそっと私に向かって手を差し出した。何だろうと思って右手を出すと、透明のフィルムに包まれた抹茶飴《まっちゃあめ》を二つくれた。

「いやあ、私、この飴がとっても好きなんですよ。ちょっとだけですが、お裾分けです」

ヤギのおじいさんはそう言うと、口の中の飴をころんと転がして、右の頬をぽこりと膨らませた。私がお礼を言うと、おじいさんは右の頬を膨らませたまま、目を細めてふふと笑った。

私は飴をクマに一つあげてから、自分の分をぱくんと食べた。飴は程よい甘さで、口の中に優しいお茶の香りが広がった。

「これ、買います！」

神社の中に売り場を構える三十ほどの古本屋さんを全て巡った後、私たちは白ヤギのおじいさんのお店に戻ってきた。そして戻るや否や、クマは和菓子の絵本を手に取りおじいさんに声をかけた。

「いやあ、こんなに買ってくれるとは思ってなかったよ」

綺麗に陳列された本の背表紙を特に意味もなく眺めていると、ヤギのおじいさんが驚きの声をあげたので、私はその声を聞いてびっくりした。こんなに？　和菓子の絵本だけじゃないの？　私はすぐにクマを見る。すると、クマはにこにこしながらたくさんの本をおじいさんに渡そうとしていた。

クマが買おうとしている本を見せてもらうと、和菓子の絵本、焼き芋の絵本、薬物野菜の絵本、世界の鍋料理図鑑……クマの持つ本は私が知らない本ばかりだった。

焼き芋の絵本はいろんな品種のお芋のイラストとおいしい焼き芋の作り方が載っていて、薬物野菜の絵本は季節ごとの薬物野菜のイラストが、子どもと一緒に作れるおすすめレシピと並んで載っていた。世界の鍋料理図鑑はもうその名前の通りだった。世界中の鍋料理がおいしそうな写真とともに紹介されていて、見ているだけでお腹が減ってくる素敵な図鑑だった。

「おじいさんのお店の本はどれもすごく気になって、どれを買うかずっと悩んでいたんです。それで悩んだ結果この四冊にしようと思いまして」

クマは相変わらずにこにこしている。クマのことはさて置き、知らない本をたくさん見て、世の中まだまだ知らないことってたくさんあるんだなあと、当たり前のことだけれど改めて思った。


「ねえクマ、その本も買うの？」

ヤギのおじいさんに会計をしてもらっているクマのすぐそば、綺麗に並んだ背表紙たちの上に、ぽんと一冊のお料理の本が置いてあった。『やっぱりおいしい、おふくろの味』とだけ書かれたシンプルな表紙に、私の目は吸い寄せられた。

「あれ？　いつ置いたんだろう、全く気がつきませんでした」

クマは私に聞かれて初めて気がついたようで、目をパチクリしながら本を手に取り、首を傾げた。何故かその本がすごく気になった私は、「ちょっと見せて」と言ってクマから受け取り、ぺらぺらとページをめくってみた。

二百ページほどのA４判の料理本。唐揚げ、肉じゃが、ハンバーグ、かぼちゃの煮物、ぶりの照り焼きに炊き込みごはんなどなど、定番のレシピがとってもわかりやすく載っている。

「クマが買わないなら……うん、私が買うわ」

本に載っているいくつかのレシピを見て、私は買うことにした。どのお料理もとってもおいしそうで、作ってみたいものばかりだったから。本のレシピは全て二人前の分量になっていて、それを見て私はちょうどいいなと思った。

「いやあ、ありがとうございます。こんなにたくさん買ってもらえるなんて。本当にありがたいです」

「いやいや、たくさん買ったのはクマで私は一冊だけですから」

穏やかな笑顔のヤギのおじいさんと私が話していると、何故かクマが嬉しそうに私を見ていた。なんでこのクマは嬉しそうなんだろう？　なんて思っていると、「同じお店でお買い物って、なんだかお揃いみたいですね！」と言われた。

「いやいや、お揃いって買ってる本が全く違うから、お揃いじゃないでしょ」

私がすぱんと訂正すると、クマが一瞬でしゅんと項垂れた。そんなに落ち込まなくてもいいのに。ヤギのおじいさんは私たちのやりとりを見てふふふと笑った。

「あのう、もしよかったら、お二人ともこれどうぞ」

最後にもう一度軽く市場を巡り帰ろうとした時、ヤギのおじいさんのお店の前で呼び止められた。振り返ると、ヤギのおじいさんが足元にあった黒いボストンバッグから分厚い本を取り出している。クマと私は顔を見合わせ「なんだろう？」と一緒に疑問に思っていると、おじいさんが本から二枚のしおりを取り出して私たちにくれた。

コーヒーで染めたような、ところどころ濃淡のある薄い茶色の紙のしおり。受け取って見ると、紙の上の方にボールペンのような細い線で四葉のクローバーが二つ描かれている。

「いやあ、大したものじゃないんですが、これならお揃いになるかなあと思いまして。たくさん買ってくださったので、私からのサービスです」

そう言ってヤギのおじいさんはにっこり笑った。「ありがとうございます」とお礼を言ったのだけれど、クマの大きな大きな「やったー！　ありがとうございます！」という声に私の声はかき消されてしまった。

「これなら今度こそお揃いですね！」

恥ずかしげも無く、にこにこしながら私に言うクマに、私は「そうね」としか言えなかった。恥ずかしくて照れてしまいそうになりながら、私はしおりをさっき買った料理本の表紙の裏に挟み、大切にしまった。

三毛猫のお店の試食会

「今日は女子会ですね！」

満面の笑みのクマが言い、それに対して「あんたは女子じゃないだろう」と三毛猫が笑いながら訂正し、「強いて言うなら女子会みたいでしょう」と私が言うと、キツネが目を細めながらふふふと笑った。


肌寒くなってきた秋の終わりのお昼過ぎ、隣町の三毛猫の定食屋にはお出汁のようなおいしそうな香りが漂う。お店の前には『臨時休業』の立て看板が出ていて、店内はがらんとしている。

がらんとしているといっても誰もいないわけではなく、一番日の当たるテーブルに私、クマ、キツネのお姉さんが座っている。キツネのお姉さんは三毛猫の姉貴分らしい。三毛猫が一人でお店を切り盛りし始めた頃、よく相談に乗ってくれたそうだ。

深い紫色の着物を品よく着こなしたキツネのお姉さん、年齢はわからないけれど私よりも一回りは年上に見える。これまであまり私の周りにいなかったタイプの女性で、品があるというか、洗練された女性というか、『こんな大人の女性になれたらいいな』と思う雰囲気がある。

今日、私たちは三毛猫の店の試食会に来ている。

「今年の冬は、きのこ料理をいろいろ試してみようと思うのよ」

先日、ごはんを食べに行ったら、食後に三毛猫から素敵なお誘いを受けた。新しいメニューの試食会、そんな素敵なイベントを断る理由なんてあるはずがなかったので、私は即座に参加を表明した。私の表明を聞き、テーブルの向かい側で食後の温かいお茶を片手にうつらうつらと船を漕《こ》いでいたクマが、ぱちりと目を覚ます。クマは寒くなってきたので最近よく眠たくなるそうだ。

「私も参加します！」

クマはにこにこしながら言ったが、言った直後、顔から徐々に笑顔が消えていき、最後は不思議そうな顔になり、それからうーむと首を傾げた。

「ちょっと、どうしたの？」

「あの……えっと、何があるんですか？」

こいつ、話を聞いてなかったくせに参加するって言ったのか。

「あんたねえ……まあいいわ、クマも一緒に来るの。いい？」

思わず呆れてしまったけれど、まあクマらしいっちゃクマらしい。私はとりあえずクマと一緒に食べに来ることにした。

「はい！」

このクマ、なんのお誘いかわかってないのに、元気よく『はい！』って言うなんて。何も説明しないで誘った私もどうかと思うがクマよ、それでいいのか……。

呆れる私を余所《よそ》に、クマは楽しそうに顔を輝かせている。そんな私たちを見て、三毛猫はころころと笑っていた。


試食会当日、クマと一緒にお店に来ると、大きな『臨時休業』と書かれた看板が出ていた。少し不安になり、そーっとドアを開けて中を覗くと、着物姿のキツネがいた。

「あら、人間のお嬢さん。こんにちは」

「こ、こんにちは」

綺麗な着物をまとったキツネの凛《りん》とした雰囲気に、私は思わず緊張してしまった。そんな私の後ろから、「こんにちはー」と言いつつ、のそりとクマが店に入る。すると、クマはキツネを見るなりぱぁーっと顔がお日様みたいに明るくなった。

「わー！　キツネさん、お久しぶりです」

「あら、クマさん。こんにちは。久しいわね、元気だった？」

「はい！　私は元気です！」

キツネに会えたのが嬉しいのか、クマの顔がいつもより輝いて見える。そんなクマを見て、私は心の中が少し、ほんの少しだけ波打つのがわかった。でも、なんだろう、それ以上に姉と弟の久しぶりの再会のように見えて、なんだか微笑ましくあたたかい気持ちになった。

「あら、いらっしゃい。これで今日招待したメンバーは揃ったわね」

店の奥から割烹着を着た三毛猫が出てきた。私たちは三毛猫に日当たりのいいテーブルに案内され、そして温かいお茶をいただいた。三名でお店を貸し切りだなんて贅沢《ぜいたく》だなあと思った。

「今、お料理を持ってくるわね」

営業時間外だからだろうか、三毛猫から漂う雰囲気がいつも以上にあたたかい。

しかし、少し気になったことが一つ。店の奥から三毛猫が出てきた時、私を見る目が何か面白いものを見るような、そんな目だったような気がする。あの目はこないだ母から向けられたものと同じような雰囲気だった。一瞬だけだったから、もしかしたら気のせいかもしれない。でも、なんだろう、少し気になる……。

「これは！」

三毛猫に出された料理を見て驚き、大きな声を出したのはクマ。

「ああ、いい香りですね」

思わず深呼吸したくなるような、おいしそうな秋の匂いにうっとりしつつ言ったのは、クマの隣に座る私。

「日本酒に合いそうな一品ね」

お洒落な笑顔とともに言ったのは、クマの向かいに座るキツネ。このお姉さん、お酒もいける口だったのか。着物を着こなす大人な女性、しかもお酒も飲めるときた。こんなのちょっと強すぎるでしょ。……ん？　強いって思ったけれど、この強さって何の強さなんだろう？　ふわっと浮かんだ疑問のせいで、私の頭の中を疑問符がびゅんびゅん飛び交う。

キツネのことはさておき、三毛猫の試食会で最初に出てきたお料理は、笠の中になみなみとお汁をのせた、しいたけの丸焼きだった。

「旨味《うまみ》がしっかり出ているから、そのまま食べてもいいし、お醤油を少し垂らしてもよし。欲しかったらポン酢とかつお節もあるからね」

たくさんのしいたけをのせた大きな平皿と、三枚の取り分け用の小皿を運んできた三毛猫。お皿を私たちの前に配り終えると、ふふん、と得意げに胸を張った。試食会と聞いたから、もっと自信なげにお料理が出てきて感想を求められるのかと思ったけれど、三毛猫にそんな雰囲気は微塵《みじん》もない。

クマは、「三毛猫さん、一品目からかなり自信満々なんですねー」なんて言いながら、にこにこ顔でしいたけをぱくんと一つ食べた。クマが食べた瞬間、私の頭の中にクマが次に取るであろうリアクションが浮かんだ。ああ、どうしてこのクマはこんなにわかりやすいんだろう。そしてやはりその予想が裏切られることはなかった。

「三毛猫さん！　このしいたけ、とってもおいしいです！」

お店の中にクマの大きな声が響き、その後を追うように三つの笑い声が響いた。クマのリアクションを予想していたのは、どうやら私だけじゃなかったようだ。

クマは笑う私たちを見て、不思議そうな顔で首を傾げる。私に「ねえ、どうして笑ってるんです？」と、聞きたげな目線を向けてきたが、私はそれを無視してしいたけを一つ食べてみた。

秋の味だった。しいたけって普段何かのお料理に入れることはあっても、しいたけがメインになることはなかなかないので忘れていた。しいたけがこんなにおいしい食材だったってことを。

ふと、キツネはどんな反応をしているのかなと気になった。そこで、そーっと見てみると、まるで子どものような可愛らしいほくほく顔でしいたけを頬張っていた。そんなキツネがもうかわいくてかわいくて、私は思わずほっこりしてしまった。クールだと思っていた人の、ちょっとお茶目なところを見た時と同じような気分だ。

「おすすめの日本酒もあるけど、どうする？」

私たちが「お醤油をかけてもとってもおいしい」、「ポン酢もあっさりですごくいい」なんて言いながら、しいたけをぱくぱくと食べていると、にやりとしながら三毛猫がにくい提案をしてきた。そんなことを言われたら、私たちにはもう選択肢は一つしかなかった。

「飲みます！」

大きな声で即答したのがやっぱりクマ。

「飲みます！」

次に大きな声で即答したのが私。

「いただこうかしら」

こほんと咳払いをしてから、すました顔で言ったのがキツネ。ふふふ、そんなところもなんだかかわいいなあと思ってしまう。三毛猫はそんな私たちを見てころころ笑った。

数分後、三毛猫は日本酒と一緒に、えのきだけのベーコン巻きとタコさんウインナーをたくさんのせたお皿を運んできた。すぐに日本酒に飛びつきたいところだったが、想定外の二品目がその行動に待ったをかける。

三毛猫は相変わらず自信満々の様子。他のメンバーの様子が気になり、クマを見てみると目が点になっている。やはりクマも驚いているようだ。それからそーっとキツネを見てみると、ちょうどばっちり目が合った。一瞬気まずい気もしたけれど、すぐに私とキツネの間に謎の連帯感が生まれ、私たちはひとまず様子を見ることにした。

「おうちで作るお弁当のおかずみたい……」

私と、おそらくキツネも思ったであろうその言葉を、クマがぽろりと呟く。そして、そーっとお箸を伸ばしてベーコン巻きをぱくんと食べた。私とキツネが固唾《かたず》を呑んで見守る中、クマはすぐに無言のまま満面の笑みになった。幸せそうなクマの表情を見て、私とキツネは顔を合わせると、すぐに一つ食べてみた。

ベーコン巻きはおいしかった。悔しいほどにおいしかった。えのきだけをベーコンで巻いて焼いただけ、ただそれだけなのにこんなにおいしいのはどうして？　ごま油のこうばしい香りがこれまた絶妙で、いいアクセントになっている。ああ、このおいしさはどう表現したらいいんだろう。今の私には語彙力《ごいりょく》が圧倒的に不足している。もちろんタコさんウインナーもおいしかった。おいしいと言うか、想像通りの味なんだけど、懐かしくてついついお箸が止まらない。

興奮が少し落ち着いてから、私は再び周りの様子を見てみた。クマは相変わらず満面の笑みでおいしそうにベーコン巻きを食べているし、キツネもクマと同じように笑顔でしいたけを食べている。クマとキツネを見ていると、なんだか素敵な姉弟に見えてとっても微笑ましい。

最初は少し緊張したけれど、このお姉さんはとってもいいキツネみたいだ。まあ、クマが懐《なつ》いているから悪いキツネじゃないとは思っていたけど。私も仲良くなれたらな、そんなことを思いながら私は日本酒をちびちび飲み始める。

その後もお料理はどんどん出てきた。エリンギのバターソテー、まいたけの唐揚げ、秋鮭ときのこたっぷりのホイル焼き。どれもおいしく、お酒にぴったりの味付けばかりだった。

「これはきのこ料理ですか?」

秋鮭のホイル焼きを食べていた時、つい三毛猫に聞いてしまった。これはきのこ料理というより鮭がメインじゃないかなあと思ったけれど、三毛猫は「おいしければ細かいことは気にしなくていいのよ」と、どこ吹く風だった。

秋鮭のホイル焼きはたしかにおいしい。すごくおいしい。食べていると三毛猫が言う通り、おいしければ細かいことは気にしなくていいのかもしれない、なんて考え始める私がいた。

次々と出てくるお料理とともに、何度も何度もお酒をおかわりし続けていた結果、私はいつの間にか酔っ払っていた。そして酔いが回るにつれて頭の中がほわほわになった私は、今日がきのこ料理の試食会だったことをすっかり忘れていた。そして出てくる料理が何料理でも気にせず箸を伸ばすようになっていった。

お昼頃に始まった三毛猫のお店でのきのこ料理の試食会。でも、気がつけばきのこ以外のお料理がどんどんテーブルに並べられていき、終いにはテーブルからきのこ料理が消えていた。

「おいしかったら何も問題ないのよ」

しれっと三毛猫に言われた私たちは、反論することもなく、「そうですよねー」なんて笑顔で言いつつ、出されたものを食べ続けていた。そんなこんなで楽しく過ごしていたら、気づけばとっぷり日が暮れていた。

食べて飲んで休んで、食べて飲んで休んで、食べて飲んで休んでを繰り返していたら、そりゃ時間も経つか。当たり前と言えば当たり前なのだけれど、やっている時はそれを忘れてしまうから不思議だ。楽しい時間は本当に一瞬だなあと改めて思う。

今、テーブルの上に並ぶのは、刻んだネギが山盛りの厚揚げと、ごま油でかりかりに焼き上げ、上からお醤油がかかった油揚げ。わさびが入っていてほんのりと辛い、大人向けの稲荷寿司《いなりずし》。そして締めのきつねうどんまで並んでいる。

厚揚げはおいしい。それは知っていた。知っていたけれど、こんなにおいしかったっけ？　こんがりと焼かれて、かりっ、ぱりっとした衣にやわらかい豆腐の内側。その上に刻んだネギがこれでもか！　と山盛りになっていて、さっと醤油がかけられている。これがまたもう、お酒が進む進む。

たくさん食べてお腹はもうぱんぱんだったのに、目の前にきつねうどんが出てきて優しいお出汁の香りを嗅いだ瞬間、お腹の中に空きスペースが生まれた。おそらく初めての経験だけど、どうやらこれが別腹というやつらしい。

帰ったらすぐに体重計を家の片隅に封印することと、明日からしばらく食べる量を減らさなきゃなと思いながら、私は食欲に抗《あらが》うことなくうどんをすすった。適度なコシと出汁の味が絶品で、私はとっても幸せな気持ちになった。

「やっぱり姉さんのきつねうどんはおいしいねえ」

そう言ったのは、嬉しそうに目を細めながら、火傷《やけど》しないようにちゃんと少しずつ小さな器に入れて冷ましてから食べる三毛猫。

「きつねうどん、すごくおいしいです！」

にこにこしながら大きな声で報告するのがクマ。

「うん、本当においしいです」

クマに続くのが私。そしてその直後、向かいの席に座っているのがキツネではなく三毛猫になっていて、びっくりして三毛猫を二度見したのも私。

「え？　あれ？」

戸惑う私に気がついた三毛猫は、私を見て一瞬首を傾げるが、すぐに合点がいったのか、ころころ笑い出した。

「あんた、もしかして覚えてないのかい？　姉さんが料理を振る舞ってくれるって言うから、私たちあんたの目の前で席を交代してたじゃないか」

　そう言って三毛猫は牛ビールをぐいっと飲み、「記憶をとばすなんて飲み過ぎだよ、あんた」と、にやにやしながら私に言った。そんな三毛猫を見て、この猫はいつ見ても飲みっぷりがいいなーと思いつつ、飲み過ぎって言うけれど、どんどんおいしいお酒を勧《すす》めてくれるのも、お酒にぴったりなお料理出してくるのも三毛猫じゃないか、と反論したくなった。でも、私はそれをうどんとともにぐっと飲み込む。

　しかし、三毛猫とキツネが交代？　一体それはいつのことだろう？　全く記憶がない。思い出そうとしてみたが、ここ数時間の記憶が何もよみがえらない。あれ、私はどれぐらい食べて、どれぐらいお酒を飲んだんだろう？

「え、ゆり子さん覚えてないんですか？　三毛猫さんとキツネさんが交代したのはもう二時間ほど前ですよ。ゆり子さんもキツネさんのお料理が食べられるって喜んでたのに」

　そう言って、クマが私の隣で豪快に音を立ててうどんをすすった。不思議なことに、クマには酔っている気配はない。記憶の限りでは、私よりも飲んでいるはずなのに、こいつはウワバミか何かだろうか。いつかクマが酔っ払ったところを見てみたいと思うけれど、それを見るには私自身かなり準備がいりそうで面倒だなとも思った。

「さて、どうだい？　今日の食事会は楽しんでくれたかい？」

私がうどんをすすっていると、したり顔の三毛猫が聞いてきた。

「楽しいです。でも、試食会なのにどのお料理にもちゃんと感想を残せてないんですけど、いいんですか？」

酔いが醒めた私は肝心なことを思い出して聞いてみた。試食会と聞いて来たのに、私たちは出されたものを夢中で食べているだけだ。「おいしい」とは言っているが、三毛猫の役に立つことは何も言えていない。それから、今日私たちが食べている量は試食会で食べる量じゃない。私は今日の飲食代を考えてゾッとした。

あれ？　そう言えば、そもそも三毛猫から味の感想を聞かれていない。あと、きのこじゃないお料理に、いつの間にかキツネの料理まで出てきていて、おかしな状況になっている。そうだ、あと料理の値段も聞いてない。

「本当ですね、私もゆり子さんも普通に食べていただけだ！」

クマが、はっ！　と口を開けて目を白黒させた。酔ってはなかったけれどクマも忘れていたらしい。私たちはよくわからない状況に困惑し、顔を見合わせた。

「ごめんね、試食会なんて嘘なのよ」

私たちがあわあわしていると、キツネが厨房から出てきて羽織っていた割烹着を脱いだ。

意味がわからず三毛猫を見ると、三毛猫は私たちを見てしししと笑っている。

「どういうことです？」

クマがキツネと三毛猫を交互に見ながら言った。うん、私も聞きたい。私もクマと同じくキツネと三毛猫を交互に見る。

「三毛猫がね、いつも出したお料理を、それはもうおいしそうに食べてくれる仲良しコンビがいるってよく言うから、気になってね。お願いしてこの会を開いてもらったの」

キツネが笑いながらも、申し訳なさそうに言った。そして、よいしょっと言いながら三毛猫の隣、私の正面に座った。

「今日は試食会なんかじゃないのよ。私たちが、単においしそうに食べるあんたたちを見たかっただけなの」

そう言う三毛猫は、いたずらっぽい笑顔を見せた。まるで小さな女の子みたいだ。状況の理解に時間がかかり固まっている私とクマを余所に、「言った通りでしょう？」「ほんと、いい感じじゃない」なんてキツネと話している。

「じゃあ、お料理の感想は？」

おずおずと聞いたのはクマ。

「大丈夫よ、単に食べて欲しかっただけだから。あ、今日のお代は私とキツネが持つから安心しな」

けろりと言うのは三毛猫。

クマと私は顔を見合わせて、はあーと大きなため息をついた。なんだ、試食会じゃなかったのか。てか、なんだ、おいしい料理を無料で食べさせてもらうだけの会って。なんだ、お酒もたくさん飲ませてもらったのに無料って。いいのか、そんな素敵な会があって。

「あの、本当にいいんですか？　私たち何も考えず食べてただけですよ？」

不安になって聞いてみると、キツネがにこにこしながら「いいのいいの」と右手をひらひらさせた。

「クマさんにも久しぶりに会えたし、あなたたちの素敵な食べっぷりも見られたから」

やったー！　と隣ではしゃぐクマの横で、私は「はあ……」と気の抜けた返事しかできなかった。するとキツネがすっと立ち上がり「それから心配しなくても大丈夫よ。弟のようにしか思ってないから」と私の耳元で囁いた。

最初、私は何を言われているのかわからなかった。でも、理解した途端、自分の顔が真っ赤になるのがわかった。

「な、ちがっ！　そんなんじゃ」

「いいのよ、それ以上言わなくて。ねえ？」

慌てる私を見て、にやりとしたキツネはすっと隣の三毛猫を見た。すると三毛猫もにまにましながら私を見て、いつの間にか持って来た温かいお茶をゆっくりすする。

「どうしたんですか？」

私たちのやりとりを見て、クマが不思議そうに私に聞いてきたので、さらに焦った私は頭の中が一瞬真っ白になった。

「うるさい！　気にしなくていいからクマはうどんすすってな！」

私はつい大きな声を出してしまい、言った直後に後悔した。あちゃーと思いながら次の言葉を探しているうちに、あっはっはっ！　と三毛猫とキツネの大きな笑い声が店内に響く。クマは「えー……」と言って困り顔だけれど、その声は笑い声でかき消された。

なんだろう、すごく恥ずかしい。でも、どこかほっとしている自分もいて、私は自分が何にほっとしているのかよくわからず胸の中がもやもやした。

冬の海は寒い

「広いですねー」

「うん、海は広いね」

「風がしょっぱいですねー」

「たしかに、塩っぽい香りがする」

「寒いですねー」

「まあ、冬の海はやっぱり寒いものでしょう」

ざざーん、ざざーんと穏やかなリズムが流れる冬の砂浜で、缶コーヒー片手にクマと私は海を眺めている。缶コーヒーはもちろんホットのやつだ。気温の変化が激しい十月、十一月前半が過ぎ、十一月後半になると急に冷え込んだ。さっき自動販売機でコーヒーを買った時、『あったか〜い』の文字に吸い寄せられる自分の右手の人差し指を見て、冬の訪れを感じた。

私はミルクたっぷりカフェオレを、クマは微糖の缶コーヒーを飲んでいる。普段なら缶コーヒーよりもドリップコーヒーが好きだけど、冬に外で飲む缶コーヒーは嫌いじゃない。あったか〜いが手と体の中にほんわりと広がるのを感じる。

「海に行きませんか？」

それは何の前触れもないお誘いだった。休みの日に、クマと一緒にマンションの前の花壇を片付けていた時だ。枯れた朝顔たちの片付けをしていると、クマが「あ！」といきなり大きな声を上げ、にこにこしながら誘ってきた。

「海？」

「はい、海です」

「いいけど、どうして？　寒いよ？」

私は寒い海に行くのに少し抵抗を感じ、枯れた朝顔たちのツルを回収する手を止めた。クマはそんな私を見ても気にする様子もなく、にこにこしながら「冬眠する前に海が見たいなーと思ったんです！」と言った。

「……そう。じゃあ行こっか」

私はクマの「やったー！」と叫ぶ声を聞きながら小さくため息をつき、それから空を見上げた。穏やかな冬のお昼時、空には畑のうねのような、もこもことした細長い雲が整列して並んでいる。

ずるい。クマはずるいと思う。冬眠前に、なんて言われて断ることができるやつがどこにいるだろうか。最近、私はクマが天然なのか、策士《さくし》なのか判断がつけられないでいる。まあ、どちらでもいいのだけれど。

「その代わり、私の分のリースもちゃんと作ってよね」

「任せてください！」

私は少しむっすりしながら言ったのに、再びクマの大きな声がマンションの前に響く。回収した朝顔たちのツルは捨てるのではなく、綺麗に丸めてリースにするらしい。丸めて形を整えてしっかり乾かしてから、まつぼっくりやどんぐりといった秋の木の実を飾り付けると、かわいいリースになるらしい。

「うちの分と、おばあちゃんの分、それからゆり子さんとゆり子さんのお母さんの分がいりますねー」

そんなことをさらりと言うクマ。ふふんふふんと鼻歌を歌いながらツルを回収する姿を見て、私の中にあった不満がしゅるしゅると音を立てて消えた。こいつ、やはり策士なのかもしれない。そんな考えが一瞬顔を見せたけれど、瞬く間に消えてしまった。だって私にとってはどちらでもいいことなんだもの。

ざざーん、ざざーん。

砂浜にビニールシートを敷いて、私とクマは何かをするわけでもなく、ただただ海を眺めている。電車に小一時間ほど揺られてやってきた海。幸い天候に恵まれたけれど、お昼だというのにやはり寒い。

でも、ただただ海を眺めるのもいいな、と改めて思った。何もしない、何も考えないで、波の音を聞いて海を眺める。実際にやってみるとすごく心が落ち着いた。来てよかったかもしれない。そんなことを思いながら、私はぬるくなってきたカフェオレを飲み干した。

砂浜には、私たちの他に、砂の城を作って遊ぶサルの親子連れ、のんびりとおしゃべりしているゴールデンレトリバーのおじいさんとシベリアンハスキーのおばあさん、走り込みをしている人間の男子学生、いろんな様子がちらほらと見える。誰もいないと思っていたけど、案外冬の砂浜にもみんな遊びに来るようだ。たしかに私もまた来てもいいなと思っている。

「いいね、冬の海も」

ちょっぴり悔しいけれど、私は素直にクマに言った。悔しかったからクマの顔は見ずに海を見ながら言った。すぐに「でしょー！」と、にこにこしながら言われるんだろうなと思ってその返事を待ったけれど、クマからの返事はない。おや？　と思いクマを見ると、クマは気持ちよさそうにうつらうつらと居眠りをしていた。

「ちょっと、クマ。こんなところで寝ないでよ」

私はもやっとして、クマの右肩を軽く叩く。もふっとゆるい音がしてから一拍おいて、クマが「はっ！」と言って目を開けた。このクマは本当にもう……私は少し呆れて小さなため息が出そうになった。

「すみません、穏やかな気持ちになったらつい眠たくなっちゃって」

「もう、風邪ひくよ」

「すみませ……あっ！」

クマは大きな声を出すとむくりと立ち上がり、波打ち際を見つめた。何事かと思い、クマの視線を追いかけると、そこには大きな大きなウミガメがゆっくり歩いていた。

「ウミガメさん、お久しぶりです！」

クマはそう言うと、にこにこしながらウミガメのもとに駆け寄った。そんなクマを見て、ウミガメはとっても驚いた顔をしている。

「おお！　クマじゃないか。久しいなあ。元気だったかあ？」

「はい、元気です！」

どうやらウミガメは、クマの知り合いのようだ。何やら楽しそうに話している。何を話しているのかなと気になり、私も近くに行ってみようと思ったけれど、会話は思いの外早く終わったようで、ウミガメはすぐに海へ戻っていった。クマは「お気を付けてー！」と手を振ってウミガメを見送ると、すたこらとこちらへ戻ってきた。

「知り合いなの？」

「はい、ウミガメさんは世界中を旅する旅亀さんなんですが、前にもここでお会いしたことがあるんです。先週からこの砂浜で休んでいたそうなんですが、今からまた次の街に行くそうです」

旅亀という言葉を初めて聞いたなあと思いながら「そうなんだ」、としか私は言えなかった。旅をする亀だから旅亀。この世界には私が知らないことが本当にまだまだたくさんありそうだ。あのウミガメは次はどこの街へ向かうのだろう。少し気になる。

「ゆり子さん、塩ラーメンを食べに行きませんか？」

私がウミガメが去って行った方向を眺めていると、クマが誘ってきた。

「塩ラーメン？　本当にいつも唐突ね。でも、いいよ、温かいのが食べたくなってたところだから」

「やったー！　さっきウミガメさんが教えてくれたんですよ、この近くにあるおいしいラーメン屋さんを。そこの塩ラーメンがとってもおいしいそうです」

世界中を旅するウミガメがおすすめしてくれた塩ラーメン。それは絶対おいしいやつじゃないか！　一体どんなラーメンなんだろう。私の頭の中は一気にラーメンでいっぱいになった。

「さっさと行くよ」

私はすぐに立ち上がっておしりを軽く払い、それからビニールシートをたたみ始めた。

こうしちゃいられない、早く食べに行かねば。

「え？　もう行くんですか？」

「当然でしょ。もう行くんですか？」


戸惑うクマをシートから下ろし、私はビニールシートをたたみ終える。そしてクマの持つ大きなショルダーバッグにたたんだシートを押し込んでから、忘れ物がないか確認した。

「さ、早く行くよ！」

「はい！」

道案内のためにクマに先頭を歩かせながら、私たちは早歩きでラーメン屋に向かった。

やっぱり今日は海に来て正解だったようだ。

朝の喫茶店は素敵な気配

「ハトさんですね……」

「ええ……本当にハトさんがマスターなのね」

十一月末の日曜日。クマと私はマンションから歩いて二十分ほどのところにある、昔ながらの喫茶店に来ている。もう冬眠しなきゃいけないというのに、何故か気合と根性でねばっているクマが、冬眠前にどうしても行きたいと言った喫茶店だ。

赤いアルファベット三文字の、大手コーヒーブランドのロゴを大きくあしらい、スイッチを入れればほんのりと白く光るレトロで大きな白い看板。少しすすけた自動ドアに、ドアの両サイドにはベージュのレンガを積んだ小さな花壇がある。かつては真っ白だったであろう、灰色に薄汚れた外壁の三階建ての小さなマンション。その一階にある喫茶店は、まさに『レトロ』という言葉がぴったりな外観だった。

この喫茶店は先月クマが見つけたそうだ。甘い秋の気配を頼りに金木犀《きんもくせい》を探し求めて歩き回った時に、たまたま見つけたんだとか。このクマは本当に何をしているんだろうと思う反面、クマらしいなとも思う。

「帰りに寄ろうと思ってたんですが、その後、金木犀を見つけた嬉しさですっかり忘れてました」

クマの家でもつ鍋をご馳走になり、食後にホットケーキとコーヒーをいただいていた時に「一緒に喫茶店に行きませんか？」と誘われた。クマが調べたところによると、『ハトの喫茶』という名前でマスターはハトらしい。ふかふかのホットケーキに夢中になっていた私は、「いいよ」とあまり何も考えずに返事をしてしまった。

「やったー！　じゃあ日曜日の朝に呼びに行きますね！」

私はたぶんクマのこの発言に対して、「よろしくね」と言ったような気がする。うん、たぶん言った。その結果、今朝八時に玄関のドアの向こうから大きな声で朝の挨拶をされた。

「おはようございます！　ゆり子さん、朝ごはんを食べに行きましょう！」

日曜日の朝から何言ってんだこのクマは。そう思ったのが最初の五秒間。いや、この事態の原因は私がてきとうに返事をしたからかもしれない、と思ったのがその五秒後。そして、私はどうしていつもよく考えずに返事をしてしまうのだろう、と後悔をしたのがさらに五秒後だった。

「おはよう、クマ。朝から叫んじゃ近所迷惑だからだめって言ってるでしょう。悪いけど下で二十分ほど待っててくれない？」

私がクマの呼びかけに応じたのは、クマのおはようございます！　から、おそらく三十秒は経った頃だと思う。暖かい布団に別れを告げ、私はパジャマの上にカーディガンを羽織って玄関に向かい、ドアを少しだけ開けてクマに言った。ドアの隙間から入り込む冷たい空気が、私の出かける気をごっそりと削《そ》ぎ落とす。本当は今すぐ布団に戻りたい。しかし、残念なことにドアの向こうには、早く出かけたくてそわそわしながら足踏みするクマがいる。

「わかりました！　十五分後に出発ですね！」

クマはそれだけ言うと、くるりと後ろを向いてどすどす音を立てながら階段を降りていった。なんで勝手に五分縮めるのよ。ちょっと不満だったが、待たせている立場上何も言えない。私は大慌てで身支度を整え、軽く化粧をすると、コートを羽織り家を出た。

白っぽい冬の青空の下、冷たい風を浴びながら歩くこと二十分、私たちは喫茶店に辿り着いた。レトロなお店の醸し出す雰囲気に少し入りにくいなと思いクマを見ると、クマも同じなのか足が地面に貼り付いている。しかし、次の瞬間冷たくて強い風が私たちを襲い、私たちは寒さに耐えられなくなって喫茶店に飛び込んだ。

「空いている席へどうぞ」

私たちが入ると、渋いバリトンボイスが店の中に心地よく響いた。声がした方を見ると、店の奥に一羽のハトがいた。ハトは『ハト』と呼ぶのはばかられる、謎の雰囲気を漂わせていて、高貴な老紳士のような、思わず敬語を使いたくなる空気感がある。

私たちはハトさんの案内に従い、すぐそばの二人掛けのテーブルについた。店内はバドミントンコートよりも一回り狭いぐらいで奥に細長く、真ん中に細長い通路があり、左右に二人掛け、四人掛けのテーブルが六、七台ずつ並んでいる。

お客さんは私たちの他に、若いパンダ、アナグマのおじさん、人間の老夫婦、若いシェパードのカップルがいた。BGMは最近のヒットソングが流れていて、若いオオカミの遠吠えがリズミカルに響いている。

テーブルも椅子も木製のしっかりした作りのもので、赤い革張りの椅子の座面は使い込まれ、味のある色になっていた。店内には、派手な装飾や個性的なインテリアはないけれど、お洒落でないわけでもない。時間と共にすすけ、味わいを深めたような渋い調和が心地よく店の中を満たしている。

「ご注文は何になさいますか？」

私とクマが店内を眺めていると、ハトさんがてちてちと音を立てて、歩いて注文を取りにきてくれた。ハトさんは黒いジャケットを羽織り、丸眼鏡をかけている。おじさん、よりもおじいさんの方がしっくりくる風貌《ふうぼう》だ。

「おすすめはなんですか？」

何を頼むか考えていなかった私が頭の中を真っ白にしている間に、クマがメニュー表を手に取りながら、慌てることなくハトさんに聞いた。メニュー表はA4サイズで丁寧にラミネート加工がされていて、たくさんのメニューが並んでいる。

「日替わりのモーニングセットですね。今日はホットサンドです」

ハトさんがいい声で教えてくれたので、私とクマは迷わずホットサンドを頼み、飲み物はホットコーヒーにした。ハトさんが去ってからメニュー表をよく見ると、バタートーストにサンドイッチ、トーストサンドにホットドッグなど、朝食メニューがたくさんあることを知った。それから、お昼にはきつねうどんや焼きそば、生姜焼き定食にエビピラフ、ナポリタンにカツカレーなど、定食屋のようなメニューを出していることもわかり、私はメニューの幅が広すぎやしないだろうかと少し驚いた。

「いろんなメニューがあるね」

「そうですね、お昼のメニューのエビピラフが気になります」

「ねーほんと」

なんてことを言いながら、私たちはメニューをちゃんと見ずに注文したことを若干後悔していた。

　おいしすぎた。

　トーストにスクランブルエッグを挟んだホットサンド。見た目がとってもシンプルなのに、これほどおいしいとは思わなかった。厚切りトーストを斜めに切り、断面に真っ直ぐ切れ込みを入れて、たっぷりとたまごが詰め込まれたホットサンド。見た瞬間に味の想像ができたけど、実際の味は想像を遥かに上回っていた。

　たまごがおいしい。もう、すごくおいしい。そしてトーストの焼き具合と、バターの塩味がちょうどいい。私は一口食べて衝撃を受けてから、無言になり夢中で食べ続けた。

　モーニングセットの内容は、ホットサンドが二切れとカット野菜を小鉢に入れたサラダ。それからウサギの耳をつけたリンゴが二切れ、小皿にのってやってきた。まさかこんなにシンプルな朝ごはんに心を鷲掴《わしづか》みされるなんて。クマは本当にいい店を見つけてきたなと思う。

　そういえばクマもさっきから何も話しかけてこない。私は一つ目のホットサンドをきっちり食べ終えてからクマを見た。すると、クマの前にはもう空っぽのお皿しか残っていなかった。

「おいしかったです！」

満面の笑みのクマ。昼間の太陽のように眩しく満足そうな笑顔を見て、思わず私は笑ってしまった。

「おいしくてつい夢中で食べちゃいました。でも、なかなかボリュームがありますね」

そう言ってクマはふぅと軽く息を吐く。

「たしかにたまごがしっかり詰まっていてお腹に……ちょっと、あげないからね？」

クマの意見に同意しながらサラダをしゃきしゃき食べていると、クマがじーっと私のホットサンドを見つめていたので、念のために釘を刺す。

クマは「そんな、食べませんよ」と、口では言っているけれど、目は左右にふよふよと泳いでいる。こいつ、もらえたらいいなーと考えていたことがばればれだ。


「お待たせしました、ホットコーヒーです」

私がクマに「食べたいなーと思っていたくせに」と、言いかけた時、音もなくホットコーヒーが二つテーブルに現れた。私がそっと見上げると、やっぱり大きなフクロウがいた。いや、貫禄《かんろく》があるからフクロウさんか。

さっき私たちにホットサンドを持ってきてくれたのもフクロウさんだった。クマとお話ししていると、ふっと目の前のテーブルにホットサンドが現れたのだ。私もクマもびっくりして二秒ほどフリーズしてから通路を見ると、背筋をぴんと伸ばしたフクロウさんが立っていた。ハトさんだと運ぶのは大変そうだなあと思っていたけど、要《い》らぬ心配だったようだ。ホール担当がちゃんと別にいたのだ。いたけれど、何これ、隠密《おんみつ》かよ。

「何かございましたら、お気軽にお声がけくださいませ」

フクロウさんは渋い声でそう言うと、音もなく店の奥へ消えた。スマートだ。スマートだけど私が今まで見てきたのと少し違うスマートさな気がする……というか、これはスマートと言っていいのだろうか？

「フクロウさん、かっこいいですね！　スマートな大人の男性って感じがして憧れます」

目をきらきらさせて話すクマ。そんなクマを見て、これもスマートという表現で正解なんだなと思いつつ、私は「そうね」と返しておいた。

喫茶店のコーヒーはとてもおいしかった。クマが出してくれるコーヒーもおいしいけれど、また違う味だった。ほろ苦さの中に微かに酸味と甘味がある、そんな味。

「なんの豆を使ってるんだろう？　すごくおいしいし、香りもとってもいいですね」

目を閉じてうっとりと香りを楽しむクマ。クマは気づいていないのだろう、クマの後ろに、ついさっき帰っていった若いシェパードのカップルが使った食器を回収しに来たフクロウさんがいることを。そして、そのフクロウさんがクマの感想を聞いて嬉しそうに目を細めて頷いていることを。

「どうしたんですか？」

私が堪え切れずに少しにやけてしまったので、クマに聞かれてしまった。私が返答に困っていると、フクロウさんは何食わぬ顔で音もなく店の奥へ消えてしまった。

「今ね……いや、うん、なんでもない」

「そんな！　絶対に何かあったでしょう」

「ないって」

「いやいや、教えてくださいよ」

「ないものはないの」

「そんなー」

クマはぶーっと頬を膨らませて、不満そうな顔をした。なんて不細工でかわいい顔だろう。私は右手の人差し指でクマのほっぺたをつんと刺した……はずだったが、私の指はクマのほっぺたをすり抜けていった。

「あれ？」

私は思わずすっとんきょうな声を出してしまい、そしてその自分の声で目が覚めた。私は自分の家のベッドの上で、右手を天井に向かって突き出していた。

クマは先週冬眠した。喫茶店に一緒に行こうって言っていたのに、勝手に寝てしまったのだ。悩んだけれど喫茶店がすごく気になったので、先日私は仕方なく一人で行って来た。

喫茶店はとっても素敵だった。ホットサンドもコーヒーもとってもおいしいし、他のメニューも気になる。きっと喫茶店のことを気に入ったから、私は夢を見たのだろう。ちょこちょこ通って私が常連客になる未来が見える。

でも、次に行くのはちょっと先になるだろう。喫茶店、とっても素敵なお店だったけれど、常連になるのは今じゃないし、私一人じゃないと思う。

「早く春が来たらいいのに……」

冬の冷たい部屋の中、私の独り言が虚《むな》しく響く。

一人暮らしの風邪はつらい

「もう少し普段から買い置きをしときなさい。今回みたいなことがあるんだから」

ぴしゃり、ぴしゃりと耳の痛い言葉が音を立てて降ってくる。正論は、時として人を傷つけるものだと改めて実感した。嫌になって目を閉じてみても、母が今どんな顔をしているのかがよくわかる。

「ねえ、聞いてるの？　仕事で忙しいのはわかるけど、やらなきゃいけないことはちゃんとしておかなきゃだめよ？」

「うん、わかってるって……」

私は今日、もう何度目かわからない同じ返事をした。不思議なもので、同じフレーズを繰り返していると、言っている自分でも、自分が本心で言っているのか怪しいなと思うようになっていった。

「それならいいけど。いい大人なんだから、本当にちゃんとしてよね、もう……」

母の呆れ声に対して、私は弱々しく「はーい」とだけ返事をする。ああ、もうやめてくれ、耳が痛い。私は病人なんだから、もう少し優しくしてくれてもいいのに。ついそんな思いが頭をよぎる。

風邪をひいた。それはもうしっかりと。熱が出て、食欲がなく、頭が痛い。これは誰がどう考えても風邪だろう。ここ数年ぶりに、「これはちゃんと休まなきゃだめなやつだ」と思うぐらいしんどい。

金曜日の朝、体調不良でダウンした。上司に電話で休ませてくれと報告すると、「大丈夫か？　仕事のことは心配しなくていい。ゆっくり休むように」と言ってくれた。普段はどこか頼りない上司が少々かっこよく思えたが、電話が切れる寸前に「中澤さん休みだって、どうしよう……」と誰かに泣きつくような声が聞こえた。上司よ、せめてあと数秒我慢してほしかった。

ダウン初日はなんとかなった。家にあったレトルトカレーや飲み物で過ごすことができたから。まあ、一日寝たらなんとかなるだろう、なんて思いながら過ごしていたら、土曜日の朝になっても症状は改善していなかった。

風邪薬は金曜日の夜になくなった。熱が下がらず喉も変。昼過ぎに少し動けるようになり、仕方がないのでドラッグストアに風邪薬を買いに行こうとしたところ、母から電話がかかってきた。

「ねえ、今近くまで来たんだけど、遊びに行ってもいいかしら？」

いきなりの連絡にびっくりしたけれど、この申し出は非常にありがたかった。私は現状を説明し、食べ物と飲み物、それから風邪薬を買ってきてほしいとお願いした。

「もしかして、クマさんはもう冬眠しちゃったの？」

風邪の私を見た母の第一声は、私の身を案じる言葉じゃなかった。私が、クマが冬眠していることを告げると、私を心配する様子もなく、「せっかく会えると思ったのにな……」なんて残念そうに呟いている。

「さっきこの近くで学生時代の友だちと何十年ぶりかに会ったのよ。そしたら別れ際にはちみつのパンケーキをもらったの。せっかくだからクマさんにあげようと思って足を延ばして来たのに、残念」

そう言って肩を落とす母。母よ、そんなにがっかりしないでよ。目の前で娘が辛そうにしているのが見えないの？　私がごほごほと咳をすると、母は「あ、そうだ、大丈夫なの？」とやっと心配の言葉をくれた。

まさかこんなに早く母が私の家にやってくる日が来るとは思っていなかった。そもそも、一年前は母とこんなにちゃんとお話しすらできていなかったので、そう考えるとかなりの変化だなあと思う。母との今の関係にしみじみしかけていると、「風邪をひいてるならさっさと横になりなさい」と背中を押され、ベッドに寝かしつけられた。そしてすぐにスポーツドリンクと風邪薬を持って来てくれた。

薬を飲んだ後、安心したのか私はいつの間にか寝てしまった。「洗い物がこんなに！」、「洗濯物も！」、「ちょっと、冷蔵庫空っぽじゃない！」と母が大きな声をあげているのが聞こえた気もするが、私は何も聞いていないことにした。

「もう少し食べ物と飲み物を、それからお薬もストックしておきなさい」

夕方に目が覚めると、母の小言が雨のように私を襲った。小言を聞きながらお手洗いに向かうと、家の中は綺麗に掃除されていて、台所の洗い物も、畳むことなく山積みになっていた洗濯物の山もなくなっていた。看病してもらった上に、家事までしてもらったので私に文句を言う権利がないのは明白だ。

「ごめんなさい……」

私はそう言うのがやっとだった。

「クマさんが起きている時期だったら、しっかり看病してもらえたでしょうね……」

作ってもらったたまご雑炊を食べていると、突然ぽつりと母が呟いた。クマが起きていたら、たしかに看病してもらえていたような気がする。きっと寝込んだ私を見て最初はわたわたと慌てるだろうけど、そのうち慣れてきてにこにこしながら温かい食事を作ってくれる、そんな気が。

「そうかも。でも、なんでそんなことを言うの？　クマにそんなに会いたかったの？」

たまご雑炊は薄味で体に優しい味がした。丁寧に細く切られた白髪ネギがおいしく感じるのは、私も大人になったという証だろう。でも、熱くて少しずつ冷ましながら食べていたら、いつの間にか食べることに夢中になっていて、母へのリアクションに少し時間差ができてしまった。

「そうね、会いたかったのかも。全く似てないのに、クマさんを見ていると思い出しちゃうのよね」

母を見ると、どこか遠くを見るような、そんな目をしている。思い出す、それはもしかして私にも関係のある人のことなんじゃないだろうか。写真でしか見たことがない、私の父のことなんじゃ、なんとなくそんな気がしてならない。

「オオカミさんのことを」

「……え？　オオカミ？」

「そう、オオカミさん」

わおーん。

私の頭の中をオオカミの遠吠えが大音量で駆け抜けていく。

母よ、思い出すのは人間じゃなくてオオカミなんですか？　人間の男性。しかも私の父親の話になると思っていた私は面食らってしまい、思わず遠吠えの後に頭の中の電源が落ちる音が聞こえた。

数秒の停止時間をあけて、私はぼんやりと母とオオカミが並んでいるのを想像しようとして失敗した。母とオオカミ、組み合わせが謎すぎる。

「ねえ、それどういうこと？」

考えることを諦めた私が聞くと、母は「あれ？　言ったことなかったっけ？」とわざとらしく言った。絶対に言ってないってわかってるくせに、と思ったけれど私はその言葉をたまご雑炊とともに飲み込む。

「ねえ、教えてよ」

「別にそんな大した話じゃないわよ」

そう言いつつも母の顔はどこか真剣で、でもかと言って深刻さはなく、大切なものを見つめるようなあたたかさがあった。

「聞いた後でつまらないとか言わないでよ」

そう言うと母はゆっくり話し始めた。

もう随分昔の話よ。大学生の時に、初めて一人暮らしをしたの。私はドラマの主人公になったみたいでわくわくしてた。

でも、新しい生活に緊張して、引っ越し初日はがちがちだった。これからどんな生活になるのかなあと、どきどきしながら荷物を持って新居に行ったわ。そしたらね、私の部屋の右隣の部屋の前にいたのよ。立派な黒い毛並みのオオカミさんが。

オオカミさんはアパートのお隣さんだったの。古いアパートでね、そのアパートには当時オオカミさんしか住んでなかったわ。二階建ての建物で、階段を登る音が聞こえたから挨拶しようと思って部屋に入らず待ってたんだって、その時言われたわ。律儀《りちぎ》っていうか、礼儀正しいオオカミさんだったな。

後から聞いたんだけど、私が緊張しすぎて心臓がばくばくしてたから、その音が家の中まで聞こえたんだって。それでちょっとでもほぐれたらと思って、わざわざ出てきてくれたんだって。恥ずかしい話よ、本当。

引っ越した当初は慣れないことも多くて、オオカミさんとは会った時に挨拶する程度の関係だったわ。挨拶するのも少し緊張してた。でも、何度も顔を合わせているうちに「今日もいい天気ですね」、「晩ごはんは何にするんですか？」、「今日も素敵な毛並みですね」みたいな日常会話が増えていってね。気がつけば一緒に近所のスーパーへ買い物に行くようになってたの。

すごいのよ？　オオカミさん、私が全力で自転車を漕いでも涼しげな顔で隣を走るの。どうして一緒に買い物に行くようになったのかはよく覚えてないけれど、それからどんどん仲良くなって、一緒に遊びに行くようになっていたわ。

海に行ったり、山に行ったり、公園にピクニックに行ったり。たくさん飲みにも行った。私が飲み過ぎてふらふらになると、いつも背中に乗せてくれたの。それがすごく嬉しくて、いつもわざと飲み過ぎてたんだけど、たぶんオオカミさんは気づいてたんだろうな。何も言わなかったけど。

私ね、オオカミさんとの関係がずーっと続くと思ってた。私が大学を卒業しても、きっと仲良く過ごせる、いいお隣さん、いいお友だちだって思ってたの。でも、それは私の勝手な勘違いだった。


「そろそろ行くよ」

私が大学を卒業するまであと少しって時に言われたの。オオカミさんは各地を転々と旅していて、同じところにはあまり長くいないんだって。この街も長くいても一年かなと思っていたけれど、私が引っ越してきたから留まってくれていたんだって。

「一緒に行くかい？」

私が寂しいって言ったら、誘ってくれたわ。でも、私はそのお誘いは受けられなかった。就職も決まっていたし、旅をして過ごすってどんな生活か想像がつかなかったから。

「きっとその方がいいよ」

私が悩みながらお誘いを断った時、オオカミさんはそう言ったわ。いつも通り優しい顔で。でも、どこか寂しげな声で。

それから程なくしてオオカミさんは家を出ていった。ちゃんと送別会もしたし、送別の品にちょっと高い革の鞄をあげたわ。彼は喜んで受け取ってくれて、笑顔で出発した。

彼が旅に出た次の日、私は気づいてしまったの。私は本当は彼と一緒に行きたかった、行くべきだったんだって。

そりゃあ誘われてすぐに行きたいと思ったわ。でも、行きたい気持ちは彼がいなくなってからの方が強くなって、寂しくて私はしばらく泣いて過ごしたの。情けない話よね、いなくなってから自分の本当の気持ちに気づくんだから。

ゆり子のお父さんと出会ったのは、オオカミさんが旅に出た三年後ぐらいかな。その頃には流石に立ち直ってたわ。

でもね、お父さんにも出会えたし、ゆり子も生まれてくれたからなんの不満もないけれど、たまに思うのよ。本当にたまに、あの時オオカミさんと旅に出ていたらって。せめて、もっとちゃんと自分の気持ちを伝えていたらってね。

「まあ、そんなところよ」

話が終わったのだろう、母は私を見るとにこりと笑った。優しいけれど、どこか寂しげな笑顔。私はすぐに言葉が出なかった。

「あ、あの、それでクマを思い出すって……」

私がなんとか言葉を捻り出していると、母はにやりといたずらっぽく笑った。そして「さあねー」と言いながら、ささっと帰り支度を始めた。

「ねえ、ちょっと教えてよ」

今にも帰ろうとする母を引き止めると、母は呆れたような声で何か呟いた。ちゃんと聞き取れなくて「今なんて?」と聞き返したけど、母は「いいの、独り言だから」と二度は言ってくれなかった。でも、その代わりに、「私から言えるのはただ一つだけ。いつか後悔しないために、言わなきゃいけないことはちゃんと言いなさい」

母はきっぱりとそう言うと、「じゃあ、春になったらまた来るわ」と言って笑顔で部屋を出ていった。

まただ。母の言葉がまた私の胸にどっしりと居座った。

一人で過ごすはずだった大晦日

大晦日《おおみそか》。こたつに潜っている。

目の前には卓上コンロにかけられた鍋があり、白い湯気がもくもくと立ち上る。鍋の中身は今年何度目か忘れた具だくさんのキムチ鍋で、豆腐や豚肉、長ネギや白菜たちがくつくつと揺れている。そして、鍋と私の間には、鍋用の取り皿とは別に大きなエビの天ぷらが二本のった年越しそばがある。キムチ鍋と年越しそば、謎の組み合わせだ。どちらもおいしそうだけれど、一緒に食べたことはないし、きっとそういう人は多いと思う。

「さあ、伸びてしまう前に食べましょう！」

こたつの向かいでにこにこ顔のクマはそう言うと、ずずずとそばをすすり始めた。このクマは相変わらずマイペースだ。

「起きてくださーい。お届け物でーす」

大晦日の夕方、私はなんとか大掃除を終えることができた。昨日捨て忘れた古紙の山をビニール紐《ひも》でくくり、近所のヤギさんちにある古紙回収ボックスへ捨てに行くために家を出ると、大きな声が下の階から聞こえた。階段を降りると『冬眠中』の看板を下げたクマの家の前で、濃い緑色の制服を着た黒猫が、段ボール箱を小脇に抱えて立っていた。

「お届け物でーす」

インターホンを鳴らしながら、「うー寒い寒い」と小声でもらす黒猫は、小さく体を震わせている。クマが冬眠中なのはわかっているみたいだけど、一体どうしたんだろう？　少し気になる。

「すみません、お待たせしちゃって。ありがとうございます」

私が黒猫の配達員さんに声をかけようとした時、がちゃりとドアが開いて寝ぼけ顔のクマが顔を出した。久しぶりに見たクマの顔は、当たり前だけど冬眠前と何も変わらない。

「いえいえ、冬眠中でも起こしてお渡しするようにと伺っていましたので。あ、ここに受け取りのサインをお願いします」

「はい！」

そんな黒猫とクマのやりとりを私は驚きながら見ていた。なんでまだ春じゃないのにクマが起きているの？　爽やかな笑顔で足速に去っていく黒猫の配達員さんを見送ってから、私はクマを見た。

「クマ、久しぶり」

「ゆり子さん！　おはようございます！　いや、こんばんはですね」

「こんばんは。ねえクマ、どうして起きてるの？」

私はストレートに今一番聞きたいことを聞いた。すると、クマは照れ臭そうに頭をぽりぽりとかきながら俯いた。

「あの、これ、一緒に食べませんか？」

さっき黒猫から受け取った箱をクマが見せてきた。なんの箱だろうと思いながら送り状を見てみると、大きな字で『たべもの　年越しそばセット』と書いてある。

私はどういうことなのかよくわからず、クマを見る。すると「とってもおいしそうだなあと思い買ってみたんです。それで、ゆり子さんと一緒に食べられたらいいなーと思って、二食分買っちゃいました」と言いながら、クマが顔を少し赤くして照れていた。

「クマ、あんたねえ。私がもし予定を入れていたり、実家に帰っていたらどうするつもりだったの？」

私は思わずむっとした声を出してしまった。

「えっと、その時は一人で二人分食べようと思ってました」

クマは少し困ったような顔で私に言った。このクマは本当にどうしていつもこんな感じなんだろう。まあ、そこがいいところでもあるんだけれど。私はやれやれと思いつつも「いいよ、一緒に食べよう」と返事をした。

「本当ですか！　やったー！」

クマはそう言うと嬉しそうに顔を輝かせて足踏みをした。ぐらぐらと地面が揺れるのを感じながら、そうか冬眠中はこの揺れはなかったなあと思った。


夕飯の準備をクマに任せ、私はヤギさんちに向かった。ヤギさんの家の隣には『古紙回収ボックス』の看板を下げた青いコンテナがある。そこに古紙を入れておくと、ヤギさんが綺麗に処分してくれるのだ。

「いつもありがとうねえ」

古紙を持っていくと、ちょうどヤギさんがボックスの中の整理をしているところだった。両手で古紙の束を抱えながら、もさもさと紙を食べている。

「とんでもない。こちらこそ今年もお世話になりました」

そう言いながら私が持ってきた古紙の束を渡すと「あら、おいしそうね」と言ってヤギさんは嬉しそうに笑ってくれた。

「ゆり子ちゃん、これ持って帰ってよ」

挨拶を済ませて帰ろうとしたら、後ろからヤギさんに呼び止められた。なんだろうと思い振り返ると、みかんがぎっしり入ったビニール袋を手渡された。

「ありがとうございます。こんなにたくさん、いいんですか？」

「いいのいいの。クマさんと一緒に食べてよ」

ヤギさんはそう言うとにっこり笑った。

「ありがとうございます。でも、ヤギさん、クマが起きたの知ってたんですか？」

私が不思議に思い聞いてみると、ヤギさんは、ふふふと笑いながら家に帰っていった。

優しいヤギなんだけれど、いつもどこか不思議な空気を漂わせるヤギさん。きっと来年も私はヤギさんを見て、不思議なヤギだなあと思うんだろうな。

ヤギさんにもらったみかんを持って帰る途中、どこからともなくキムチ鍋の匂いがした。どこかのお家は今夜キムチ鍋なんだ、そんなことを思いながらクマの家にお邪魔するとキムチ鍋があった。

どうしてキムチ鍋があるんだろう？　不思議に思いクマを見ると、「なんだか急に食べたくなっちゃいまして」とにこにこしながら言われた。仕方がないので、私もキムチ鍋に付き合ってあげることにした。


年越しそばとキムチ鍋を食べ、そのあと炙ったスルメイカをつまみに日本酒を飲んでいると、クマが「そうだ！　今更ですがクリスマスっぽいことをしませんか？」と季節外れなことを言い始めた。あと二時間で年が明けるというタイミングでのクリスマス。それはちょいと手遅れというか、遅すぎるというか、そもそもスルメイカを食べながらすることではないだろう。

「いや、流石に今からクリスマスは違うんじゃない？　クリスマスケーキとかフライドチキンみたいなクリスマスっぽいごはんもないし。まあ、あってももう食べられないけど」

私は思ったことをそのまま伝えた。でも、なんだか嫌な予感がし始めて、食べたスルメイカがうまく飲み込めなくなる。クマに悟られないよう、私はそっと日本酒でスルメイカを飲み込んだ。

「ふふん。実はクリスマスプレゼントを用意してあるんですよねー」

したり顔のクマが言う。それを聞いて私はポーカーフェイスを作るが、心の中で「やっぱり嫌な予感がしたんだよ！」と絶叫した。平静を装いながら「へー、そうなんだ」なんて言ってみるが、言ったそばから背中を冷や汗がつたい、顔が熱くなるのがわかる。

「これ、どうぞ！」

いつの間に仕込んでいたんだろう？　クマはするりとこたつのそばから細長い箱を取り出した。マットシルバーの柔らかな光沢感のある箱に、アルファベットで書かれた名前。

私はそれの中身がウイスキーのボトルだとすぐにわかった。

「三毛猫さんの試食会の時に、キツネさんが教えてくれたおすすめのウイスキーです！」

クマ、皆まで言わないで。そんなの名前を見たらわかるよ。私はポーカーフェイスを貫きながら「そう言えばそんな話をしてたね」と、なんとかリアクションを返す。

「ゆり子さんが気になってたみたいだったので買ってみました！」

「うん、気になってた。ありがとう」

「へへー、ゆり子さん、早速飲んでみます？」

「うん、クマも一緒にどう？」

「もらいます！」

さっきからいつもよりもあっさりとした返事しかできない私。そんな私を気にすることなく、クマはにこにこしながら大事そうにウイスキーの箱を持ってこたつから立ち上がると、グラスを取りにキッチンに向かった。軽快に歩くクマの背中を見て、私は心の中でため息をついた。やばい、年明けに買えばいいと思っていたから、クマへのプレゼントを何も用意してないのだ。

ウイスキーはとってもいい香りで、ほのかに香る樽《たる》の木のような匂いが心地よかった。でも、プレゼントのことで頭の中がいっぱいだからか、私はあまり香りにも味にも集中できない。どきどきしながらクマとロックでウイスキーを飲んでいると、クマが眩しい笑顔で私を見た。

「あの、もしかしてゆり子さんも、クリスマスプレゼントを買ってくれていたりしますか？」

なんてストレートな質問だろう。ああ、なんて返事をしよう？　私は悩みながら、飲みかけのグラスをそっとこたつのテーブルの上に置いた。からん、と氷がグラスの中で動く音が鳴る。静かな部屋に氷が鳴らした音の余韻が漂う。

「ごめん、まだなの」

私は素直に謝ることにした。クマを直視する勇気がなく、右斜め下を見ながら言うのがやっとだった。クマならきっと許してくれるだろう、そう思いながら意を決してクマを見ると、クマはまだ私を見てにこにこしている。

「またまたー、そんなこと言って」

クマはふふふと笑いながらウイスキーを飲み、そして私がヤギさんからもらってきたみかんを食べ始めた。

「ごめん、年明けに買いに行くつもりだったから本当にないの」

いたたまれなくなり、私がクマにそう言うと、クマの顔が固まった。ぽんぽろりん、クマの口に入りかけていたみかんがテーブルの上に落ちて跳ねる。

「え？」

目が点になったクマ。クマはそのまま固まってしまい、顔から色素が抜けて白っぽくなったような気がした。私はまた目を背けながら「ごめん」と謝るしかなかった。

それから五分ほど私はクマに謝り続け、春に三毛猫の店でビールを二杯ご馳走することで手を打ってもらった。手打ちとなりほっとする反面、「クマも冬眠前に何もくれなかったじゃないの！」という不満が渦巻《うずま》き、これは私が悪いのだろうかと少しもやっともした。

時計の針が深夜0時を指し、年が明けた。

「明けましておめでとうございます」

「明けましておめでとう」

私たちはこたつで新年を迎え、なんだか照れ臭くなり、顔を見合わせてふふふと笑った。

「まさかクマと年を越せると思わなかった」

ちびちびとクマにもらったウイスキーを舐めながら言うと、クマが少し真面目そうな顔になった。おや？　私は気になりグラスを置く。

「私、冬眠している間に自分の大切なものがなくなっていたら、嫌だなって思うんです」

いつになく真剣なトーンで話し始めたクマに、私はすっと背筋が伸びる。よく見るとクマの目は寂しい色をしている。

「子熊の時は特にそうで、冬眠するのが嫌でした。歳を重ねるにつれてましになり、もう大丈夫だと思っていたんですけど、世界が変わっていたら嫌だなってたまに不安になることがあって……」

少しずつ声が小さくなり、それに伴《ともな》いクマの顔が俯いていく。

「何を不安に思っているのか知らないけれど、私はずっとこのマンションにいるよ」

こんなに大きな体をしていて、いつもにこにこ笑っているくせに、このクマは何を不安に思っているんだろう。そう思うとつい呆れてしまい、私はすぱんと言ってしまった。すると、クマがびっくりした顔で私を見る。

「寝ている間に世界が変わるだなんて、スケールの大きなことを考えるんだね。そりゃあ、突然世界が変わることもあるかもしれないけれど、そんなこと気にしていたらきりがないじゃない」

クマは私の意見を聞いて「そりゃあ、そうなんですけど……」とごにょごにょ何かを呟いた。クマにしては珍しくいじいじしている。どうしたのかなと気になりつつも、お酒で気が強くなっている私はいらっとした。

「そんなにいじいじしないの！　情けない。まあ、少なくとも私はずっとこのマンションにいるから、それだけは明言してあげる」

私はそう言ってウイスキーをぐいっと飲み干した。思わずげっぷが出そうになり、私は慌ててなんとかそれを堪える。危ない危ない、流石にクマでもげっぷを見られるのは恥ずかしい。

「本当ですか？」

私がげっぷとの格闘を終えほっとしていると、クマが不安そうにこっちを見ていた。

「本当だって、だから安心して冬眠していいよ。起きた時にクリスマスプレゼントを用意しておくからさ」

私がそう言うと、クマは今日一番の笑顔で「はい！」と返事をした。部屋に響くクマの声を聞いて、今年もいい年になりそうだなあとぼんやり思った。

「それでそれで？　それであんたはなんてあの子に言ったのよ？」

テーブルの向こうから嬉しそうにこちらに身を乗り出すのは、白い割烹着がよく似合う三毛猫。そしてそんな三毛猫を「まあまあ、そう急かさないの。落ち着いて聞きましょうよ」と、制するのはキツネ。

今日のキツネの着物は、薄い灰色の生地に雪を被《かぶ》った椿《つばき》の柄が映えている。着物の柄でも季節を楽しむなんて、やはりこのキツネには敵わないなあと思う。何が敵わないのかは自分でもよくわからないが、そう思うんだから仕方ない。

薄暗い雲が空を覆った寒さの厳しい二月の初頭。お昼過ぎにふらりと三毛猫の店に顔を出すと客はキツネのお姉さんだけだった。

「あら、人間のお嬢さん！　お久しぶりね」

試食会ぶりの再会だったが、キツネは私のことを覚えてくれていたようだ。キツネの前にはおでんの盛り合わせに、白い徳利《とっくり》とおちょこが三つ置いてあって、一つのおちょこからはゆらゆらと湯気が上がっている。寒い冬にこの組み合わせは最高だろうなと思いながら、おちょこの数が気になった。三毛猫も一緒に飲んでいたのかもしれない。でも、それならもう一つは誰の分だろう？

私がキツネに「お久しぶりです」と言いながら、通路を挟んでキツネの隣のテーブルに座ろうとすると、何故か三毛猫にキツネの前の席に座るよう促された。

「いいタイミングで来たわね。そうそう、あんた何かいいことあったでしょう？　今日は話すまで帰さないよ」

戸惑う私の顔を見て、三毛猫はにやりとしながら言った。私が慌ててキツネを見ると、ぐいーっとおちょこを空にしたキツネに「寒かったでしょう？　熱燗《あつかん》でも飲みつつ聞かせてちょうだいな」とさらりと言われた。笑顔は笑顔だけどキツネの目には力が込められていて、私は「はい」と返事をするしかなかった。

いいこととの心当たりがないわけではない。でも、一体どこからその情報が流れたのかが私は不思議で仕方がない。

私が、大晦日にクマが起きたこと、一緒に年越しそばとキムチ鍋を食べたこと、クマが冬眠を嫌がっていたことを話すと、三毛猫とキツネは嬉しそうに顔を輝かせた。時折「やっぱり若いっていいわよねー」なんて顔を見合わせている。

「あの、一緒に飲んでるけど、もうお店はいいんですか？」

話の矛先《ほこさき》を逸らそうと、私が店の外を見ながら言うと、三毛猫はにやりとしながら顔の前で手をひらひらさせた。

「大丈夫よ、もう臨時休業の看板を出してあるから」

「そんなんじゃ三毛猫からも私からも逃れられないわよ」

そう言うと、三毛猫とキツネは顔を見合わせて「ねー！」と嬉しそうに話している。なんだろう、三毛猫もキツネも年上のはずなのに、さっきから恋愛話に大喜びする学生にしか見えない。私はいつの間にか出されていたエイヒレの炙りに七味をふってかじった。くそう、多勢に無勢でかなりやりづらい。

「でも、若いって言ってもそんなに私と変わらなかったりしません？　そうだ、おいくつなんですか？」

三毛猫とキツネっていくつなんだろう？　私より年上なのはわかっているけれど、話が逸れたらいいなと思い聞いてみた。すると、三毛猫は「あら、日本酒が空っぽねー」と言って席を立ち、キツネには「年齢を聞くなんて野暮《やぼ》なことするんじゃないの」と軽く受け流された。こういう時に大人はずるいなあと思う。私はむすっとしながらおちょこのお酒を飲み干す。

「でも、私はいるから安心しろって、男前ねえ」

視線を感じてキツネを見ると、右手を自分の頬にあてて、目を細めながらにこにこしている。同じにこにこなのに、クマと違って大人の色気を感じるから不思議だ。

「男前ですかね？　私は引っ越す予定がないから、それを伝えたかったんですが」

私が首を傾げながら言うと、キツネは目を丸くして「まあ」と右手で口を隠しながら驚きの声を上げた。そして「ちょっと聞いた？　今の」と三毛猫に呼びかけた。

「聞いた聞いた！　あんたらしいっちゃ、あんたらしいんだけどさ、ねえ？」

けらけら笑いながら熱燗のおかわりと、たこわさびの小皿を三毛猫が持ってきた。どうしてこんなに笑われなきゃならないんだろう？　私は理由がわからず不満だった。

「安心して寝ろ、私が側にいるから。なんて言われたら、この歳でも私だって胸がきゅんとするわよ」

キツネがふふふと笑いながら言い、その横で三毛猫がうんうんとうなずく。いやいや、私はそんなこと言ってないって。「私、そんなこと言ってないですよ」と私はすぐに否定した。

うん、私は言ってない。言ってないけど、キツネに言われたことで今更ながらそうとも捉《とら》えられるのかと気がついた。そして気がついた瞬間、私は一気に顔が熱くなった。

「しかし、あのクマが冬眠するのが不安だなんてねえ。知らなかったなあ」

顔を赤くする私を余所に、三毛猫がぽつりとこぼす。「そうね、意外よね。きっと何か理由があるんじゃないかしら」とキツネも真面目な顔で言う。そんなやりとりを聞いて、私も理由が気になり始める。

「どうして不安になるのか聞いてないんでしょう？」

「はい、聞いてないです」

キツネに聞かれて私は少しばつが悪くなった。私が顔をしかめていると、「違うわよ、ちょっとそんな顔をしないで。誤解よ、誤解」とキツネにころころと声を上げて笑われた。

「ごめんなさいね、お嬢さんを責めているわけじゃないの。たぶん、理由を聞かないあなただからこそ、クマも安心して一緒に過ごせるんじゃないかしら？」

そう言うキツネは優しいお姉さんの顔をしていて、私はキツネの言った内容がすとんと腑《ふ》に落ちた。腑に落ちたけれどなんだか少しくすぐったいというか、恥ずかしい。

「そうねー、私もそう思うわ。でも、いずれはちゃんと理由を聞いてあげるのもあんたの仕事かもしれないわねー」

そう言ったのは三毛猫。こちらもお姉さんみたいなんだけど、かなり酔っぱらいの顔をしている。

「そうかもしれませんね……そうだ、お冷と鮭茶漬けをお願いできますか？」

三毛猫に言われたことを素直に受け入れつつ、私は追加の注文をした。

「はいよ、ちょっと待っててねー」

お酒を飲んでご機嫌な三毛猫の背中を見送りつつ、きっとこんなに顔が熱いのはお酒のせいに違いないと思った。

春が来たので

「来月に二、三日まとめて有給休暇を使っていいですか？」

昼休みが終わる前、愛妻弁当を食べる上司に相談すると、上司が口に入れかけていたブロッコリーをぽろりと落とした。ブロッコリーは重力に逆らうことなく真っ直ぐに落下し、お弁当箱の中にうまく着地した。

健康診断で二年連続引っかかったのに、脂っこいものばかり食べる上司は、先月奥様の逆鱗《げきりん》に触れた。奥様にそれはもうこっぴどく怒られたようで、それ以来毎日お昼ごはんが外食から愛妻弁当に変わった。本日の献立は白ごはんの代わりのブロッコリー、サラダチキン、レタス、ミニトマト。とってもヘルシーな内容だ。

これは余談だが、「お昼代はもういらないでしょ」ということでカロリーとともにお小遣いもカットされた上司。弁当生活が始まった頃、上司の顔は財布と同じくいつもどこか寂しそうに見えた。

「もちろん、しっかり休んでくれ。でも中澤さんがまとまった休みを取るなんて珍しいね。

どこか行くの？」

不思議そうな上司の顔を見て、私はつい笑いそうになってしまった。そうか、そういえば連休を取るなんて入社してから初めてのことだった。

「ちょっと温泉に」

隠すのも変な話なので、私は素直に答えた。

「温泉！　いいなー、どこの温泉？」

私がこの街から山を五つほど越えたところにある温泉街の名前を出すと、上司は「いいなー！」と子どものような無邪気な笑顔で言った。年上男性の無邪気な笑顔って、なんだか癒されるなあと私は思ったけれど、それを伝えて変な誤解をされても困るので心の中に留めておいた。

「それで旅行は友だちと？」

おい、上司よ。その発言は今の時代だと人によっちゃセクハラ認定されるぞ。癒された心が一瞬で冷め切ったけれど、そのことは先ほどの笑顔に免じて黙っておくことにした。

「いいえ、ご近所さんとです」

「へー、ご近所さんと。仲がいいんだな！」

「……はい、そうなんです。何かお土産買ってきますねー」

上司のコメントが少し引っかかりながらも、私は会話を続行した。仲がいい。たしかに仲はいいけれど、どうなんだろう。うまく言えないが『仲がいい』という言葉が何か引っかかる。まあ、いいか。とりあえず私は連休を獲得した。そう、クマと旅行に行くために。

春になり、クマが起きた。春とはいえクマが起きたのは三月下旬、気温はまだまだ低いままで、布団もコートも分厚いのが手放せない。

朝からマンション中に「やったー！　春だー！」という大声が響き渡り、私が様子を見に行くと「うわ、まだこんなに寒い！　でも、春だー！　うおー！」とクマが家の前で叫んでいた。寒いのか腕を抱えてどしどし足踏みしている。冬眠明けもクマは相変わらず元気だ。

「今年は起きるのが早いね」

「ゆり子さん、おはようございます！　いやー今年は早く起きたいなーと思って」

クマはそう言うと、照れ臭そうに笑いながら頭をかいた。

「何よそれ。でも、早く起きたら寒いでしょ」

「寒いです！　でも、起きて早々ゆり子さんに会えたからいいんです！」

「何よそれ……」

私は思わず呆れてしまった。このクマはしれっとこういうことを言うから困る。こいつは天然の人たらしだ。

冬眠明けのクマを喫茶店のモーニングに誘ったけれど、寒さ耐性が冬眠明けで皆無《かいむ》だからという理由で断られた。私がぶーぶー文句を言うと、クマがホットケーキとコーヒーを出してくれると言うので、私はしぶしぶクマの提案に乗ることにした。

大急ぎで家の中の掃除をし、しっかり換気をしてから部屋を暖かくするので一時間後に来てくれと言われた私は、一度自分の家に戻った。モーニングに行けないのは残念だけど、ホットケーキが食べられるならいいか。階段を上がる私の足取りは軽い。

クマのホットケーキにコーヒー、久しぶりだからなんだかうきうきする。クマが掃除をしている一時間の間に、私も家の掃除をし、それから余った時間は本を読むことにした。最近流行《はや》りの作家さんの本で、何気なく寄った本屋さんで買ってみたのだ。

『最強の恋愛小説』

書店員さんが書いたであろう手書きのポップには大きくそう書いてあった。ありきたりだけれどシンプルなキャッチコピーに、私はまんまと射貫《いぬ》かれてしまった。

あらすじはこうだ。単位を落とし、ストレートでの卒業を諦めた男子大学生の荒井《あらい》。期末テストを受けるために登校したが面倒くさくなって帰ろうとしたところ、校内で何度か見かけたことのある男子学生二人に突然話しかけられる。

どこにでもいそうな平凡な見た目の男子学生、成宮《なるみや》は自分のことを『死神に取り憑《つ》かれている』と言い、自分に関わった人はみんな死ぬと語り出す。そして、もう一人の眼鏡をかけた優男《やさおとこ》の向井《むかい》は自分が『天使に守護されている』と言い、自分と関わった人はみんな幸せになると言う。

『ストレートに卒業するのを諦めたのならさ、僕たちの手伝いをしてくれないか？　僕たちは愛が知りたいんだ』

悪魔と天使、正反対な存在と関わりを持つ怪しい二人からの奇妙な依頼だが、報酬金額の誘惑に荒井は負けてしまう。彼はすぐにその判断を後悔することになるのだが、そんなことは露知《つゆし》らず成宮と向井とともに愛を知るための旅に出る。

これは三人の学生が愛を知る過程を描いた物語である……と、まあ文庫本の背表紙に書かれたあらすじによるとそんな内容のようだ。

読もう読もうと思いつつも、買って少し満足してしまった私は読むタイミングを逃がし続けていた。でも、今日はこの本を読みたいという気持ちがむくむくと込み上げてきて、そっと手に取ってみた。クマを待つ間に何ページか読めたらいいや、そんな軽い気持ちで最初のページを読み始めた。なのに、私はすぐにどっぷり本の世界に引きずり込まれてしまった。

「やったー！　掃除終わったー！」

クマの大声がマンション中に響き渡り、私は思わずびくっと体を震わせてしまった。時計を見ると約束の一時間が経過している。ああ、なんてことだ、どうして私はこんなに面白い本をずっと放置していたんだろう。

クマがどしどしとマンションを軽く震わせながら、私の家を目指して階段を登ってくるのを感じる。まだ二十ページしか読めていないのに、まだ成宮の死神の説明の途中なのに、こんなに先が気になる状態で私はホットケーキを食べなきゃいけないのか。

クマは何も悪くない。でも、ドアの向こうで私の名を呼ぶ彼が、今日は少し憎らしく思えた。

「温泉に行きたいな」

食後の温かい日本茶をいただきながらぼんやり、そしてのんびりとクマの部屋でくつろいでいると、ひゅるりひゅるりと私の口から言葉が流れ出た。春だけどまだかなり寒いので、温泉に行きたいなとふと思ったのだ。

流れ出た声は煙のように軽く、ふわりと部屋の中を流れていく。私は自分の声が漂うのを感じながら、かなり突飛《とっぴ》なことを口走ってしまったなあと後悔した。

「温泉ですか？」

クマが不思議そうな顔でお盆を持って、のそのそと歩いてきた。お盆の上には可愛らしい小さな桜餅が二つ、豆皿にのっている。

「お茶だけじゃ物足りないかなあと思って出しちゃいました！」

たしかに何か甘いものが欲しいと思っていた。でも、流石にこれは気が利き過ぎだろう。

「冷凍食品なんで、解凍しただけなんですけどね」と言いつつも、クマはまるで褒めてもらうのを今か今かと待っている子どものような顔をしている。

クマの期待通りに動くのもつまらないなと思った私は、「ふーん、ありがとう」と素気《そっけ》なく言って桜餅を口にした。桜の葉の塩加減と中のあんこの甘さが丁度良く、そしてこれがまた温かいお茶にもぴったりだった。私が大満足でお茶を飲んでいると、クマが少し落ち込んでいるようにも見えた。でも、私はそれを見なかったことにした。

春になりクマも起きた。寒いとはいえ春の気配も強まってきているし、こんな日に桜餅はぴったりだなあと思う。本当にクマはいい仕事をしてくれた。まあ、それは言ってはあげないんだけど。私は心の中でふふふと笑った。


「温泉に行くんですか？」

桜餅を食べ終えて私が食後の眠気に襲われていると、クマがきらきらした無邪気な目で私を見つめながら言った。その話は終わったと決めつけていた私は、クマの発言により一気に頭が覚醒《かくせい》した。まさか時間差でもう一度聞いてくるとは思わなかった。

「寒いし温泉に行きたいなーと、ふと思っただけ。行くなんてまだ決めてないって」

なるべく落ち着いた口調で否定したものの、どうして私は慌てかけていたんだろうと自分自身不思議に思う。でも、まあ、そんなの些細《ささい》なことだ。私は気にしないことにした。

「じゃあ、温泉に行って、それから……農園に行きませんか？」

「農園……え？」

クマの提案に私の思考回路が一時停止する。温泉と農園、組み合わせが謎過ぎる。もしかして、農作業をしていい汗をかいて温泉に入りたい、みたいなリクエストだろうか？それはそれで楽しいと思うけれど、せっかくの休みはゆっくりしたい。

私がぐるぐる頭を回しているうちに、クマが何かを言っていたけれど、私は右から左に聞き流してしまっていた。農業体験も素敵だけど、私はゆっくりまったりしたいので、クマの誘いを断ることにした。

「農業体験はまたの機会にしようよ」

「農業体験？」

クマが首を傾げる。

「え、ちがうの？」

「いや、ちがうとも言い切れないんですが……ゆり子さん、いちご狩りは嫌いでした？」

私はどうやら大きな勘違いをしていたらしい。私は顔が熱くなってくるのを感じながらも、クマにもう一回説明を求めた。

「温泉の近くに果樹園があるんですよ。そこ、摘みたていちごが食べ放題なんでどうかなあと思ったんですが……」

なんだ、農業体験じゃなかったのか。勝手に勘違いをしていた自分が恥ずかしい。

「……いちご、食べに行こっか」

私はそう言うのが精一杯だった。恥ずかしくて、もうこの場から今すぐに立ち去りたいけれど、私はなんとかその衝動を我慢した。

「本当ですか!? やったー！ とってもおいしいいちごが食べられる畑と、お料理がおいしくて温泉も素敵な旅館を知ってるんです。じゃあ一緒に行きましょー」

いつの間にか旅館がいちご狩りとセットになっていて驚いたけれど、今更もうストップをかける余力はなかった。だって恥ずかしい勘違いにより、既に私のメンタルは限界だったんだもの。

私は一度深呼吸をして、自分を落ち着かせることにした。でも、なかなか心が落ち着かず、クマにお茶のおかわりをお願いした。

「ねえ、旅館ってどんなところ？」

お茶を飲んで落ち着いてから私はクマに聞いてみた。だってせっかく行くならどんなところか気になったのだ。

「ごはんがおいしいです！」

「それから？」

「温泉が最高です！」

「それから？」

「クマ専用のお部屋があります！」

「ん？　何それ？」

ごはんがおいしいのはさっきも聞いたけど嬉しい。それから温泉が最高、これもすごく嬉しい。私は温泉がメインだからこれは外せない。でも、クマ専用のお部屋って何？

「えっと、タヌキのご夫婦の旅館なんですが、タヌキ用だけじゃなくて、いろんな動物専用の部屋があるんです。もちろん人間用もありますよ！」

「それは何が違うの？」

「お部屋の広さ、布団の大きさ、それから内風呂の大きさです！」

なるほど、動物の大きさによって部屋のサイズが違うのか。たぶん部屋に用意されているアメニティや、浴衣のサイズも違うんだろうな。

「じゃあクマ用のお部屋が一番大きいの？」

「いいえ、ゾウさんのお部屋の方が大きいはずですよ」

ぱおーん、とゾウの鳴き声が頭の中に響き渡る。ゾウ、ゾウかあ。

「おばあちゃんが知り合いのゾウさんと泊まった時に、ゾウさんも広々過ごせたって言ってました。あ、キリンさんも泊まれるらしいですよ」

「あ……そうなんだ」

私にはそれしか言えなかった。キリンも泊まれるってことは天井が高いのかな。どんな旅館だ。それはちょっと聞いたことないぞ。行けばきっと私の頭の中の旅館の概念《がいねん》が根底から覆《くつがえ》りそうな、そんな予感がする。

「そう言えば、おばあちゃんってどこに住んでいるの？」

クマにおばあちゃんがいるのは知っていたけれど、どこに住んでいるのかは聞いてなかった。それどころかクマの家族構成ってどうなっているんだろう。実は私はクマのことを全くわかってない。

「旅館からさらに山を三つ越えたところにある、小さな町に住んでいます」

「へー、旅館から行けるの？」

「行けますよ！　バスを三本ほど乗り継ぐ必要がありますが」

「じゃあ、いちごをたくさん食べて旅館でゆっくりしてから、お土産にいちごを持って遊び行かない？」

「へ？　いいんですか？」

ん？　私、今変なこと言ったかな。思いつきでぽんぽん話してしまった私は、自分が何を言ったか咄嗟に理解できていなかった。クマのきょとんとした顔を見て、私は自分が誘った内容を思い返し、つい赤面しそうになったけれど、それをなんとか堪える。

「やったー！　行きましょう！」

クマがあんまりにこにこしながら喜ぶので、私はびっくりした。

「何、どうしてそんなに喜んでいるの？」

「実は、前からゆり子さんにおばあちゃんと会ってもらいたいなーって思ってたんです」

クマは少し顔を赤らめながら、へへへと笑った。なんだ、このクマ。どうして照れてるんだ。照れるクマを見ていると、せっかく耐えたのに私の顔も熱くなってくる。

「じゃあ、決まり。ちゃんとおばあちゃんにも伝えておいてね」

「はい！」

マンションでの生活も今年で三年目になる。きっとこの一年も素敵な毎日になるんだろうな。クマと過ごしているとそんな気がしてきて、私は自然と笑みが溢れていた。

旅行が決まってから送った
クマのおばあちゃんへの手紙

おばあちゃんへ

お元気ですか？　私は元気です。

早く春が来ないかなあと思っていたら、今年はいつもより早く起きちゃいました。早く起きたらすごく寒くて、一週間ほど家の中でゆっくりしていました。

家でゆっくりしていたら、「起きても外に出ないんじゃ、冬眠しているのと同じね」ってゆり子さんに笑われました。あ、ゆり子さんは前のお手紙にも書きましたが、同じマンションに住む人間の女性です。

ゆり子さんがマンションに引っ越してきて二年が経ちました。ごはんをおいしそうに食べる人で、いつの間にか三毛猫さんやキツネさんとも仲良くなっていました。誰とでもすぐに仲良くなれる素敵な人です。

そうそう、今度ゆり子さんと一緒におばあちゃんが教えてくれた旅館に行くことになりました。それから旅館でゆっくりした後におばあちゃんの家に行きたいねって話になったんです！　それで、もしよかったら今度ゆり子さんと遊びに行ってもいいですか？　詳しいことはまた改めて相談させてください。近いうちに電話しますね。
まだまだ寒い日が続きます。おばあちゃんもどうかお元気で。

孫のクマより

番外編

三毛猫が定食屋を継いだ理由

三毛猫が定食屋を継いだ理由

「気がつけばそこにいた。それ以外に言いようがないわ」

最近、毎週土曜日に夕飯を食べに行く店がある。古くからある飲食店で、昼間は日替わり定食が有名。夜にはお酒も提供している。割烹着を着た三毛猫が一匹でやっている小さな店なので団体での利用は難しい。客層は幅広くいつも賑わっていて、人間の中年男の私が一人でも気軽に入りやすい。

三毛猫の接客はすごく丁寧で心配りがなされている。いつも丁寧な接客をしてもらう度に、雑誌記者の職業柄なのかもしれないが、記事にはしなくても取材というかじっくり話が聞いてみたいなと思っていた。一昨日の夜、珍しく客が私一人だったから「三毛猫さんはどこの生まれなの？」と聞いてみた。きっと面白そうなお話が聞ける、そんな気がして。

「聞いても面白くないわよ？」

そう言いつつも彼女は遠い目をしながら話し始めた……と、思ったが「その前に、話すんだから何か飲ませてくれるとありがたいんだけど」とにやりと言われ、私はビールを奢らされた。まあ、私からお願いしたので仕方がない。彼女はおいしそうにジョッキを半分ほど飲んでから懐かしそうに語り始めた。今から私がするのはその時彼女から聞いた話だ。

自分がどこから来たのか、いつ生まれたのかはよくわかっていない。彼女の最も幼い記憶は、道路脇のお地蔵《じぞう》さまの祠《ほこら》の中で雨宿りをしていたことだ。それも一匹で。

母の姿なんてどこにもなく、匂いもない。だから彼女は自分の母がどんな猫なのか、自分がいつ生まれてどこから来たのかもわからない。子どもの頃は知識なんてないから、彼女は自分のことを、祠で何もないところから生まれた猫だと思っていた。

雨風は祠で凌《しの》げるけれど、空腹はそうはいかない。教えてもらうことなく狩りなんて器用なことはできないから、彼女はお墓のお供物《そなえもの》やゴミ捨て場を漁《あさ》って腹を満たした。

何度もお腹を壊したし病気にもなった。死にかけたこともたくさんある。子どもの頃は夏が嫌いだった。食べ物がすぐに腐《くさ》るからゴミなんて漁れやしない。でも、冬は冬で寒くて意味もなく悲しくなり、よくすすり泣きながら夜が明けるのを待っていた。

彼女は無口だった。口がきけない訳ではない。聡《さと》い彼女は周りの生き物たちの暮らしを眺めて言葉を習得した。しかし、親しい関係が皆無だったので、ほとんど話す機会がなかった。でも、いつか誰かと仲良くお話ができる日が来るかもしれない、そう思って彼女は勉強を続けた。

「なあ、あんた。うちの店で皿洗いでもしないかい？」

祠での暮らしに慣れはじめ三度目の春を迎えた頃、彼女は声をかけられた。声の主は割烹着姿の人間の老婦人だった。

突然声をかけられてびっくりした彼女は思わず祠の中に逃げ込んだ。

「あんた、ずっとここにいるのかい？　そうしたいならそうすればいいさ。でも気が向いたらうちにおいで」

老婦人はそう言って紙を一枚置いて帰っていった。祠から出てきて見てみると、それは手書きの地図だった。そこには老婦人の定食屋までの道順が書いてあった。

彼女は老婦人の店を知っていた。何故ならよくゴミを漁りに行っていたからだ。老婦人は古い飲食店をやっていて、昼間は日替わり定食を、夜には酒を提供していた。店はいつも賑わっていて、店の外にまでおいしそうな匂いが漂っていた。

おいしそうな匂いに釣られ、彼女はよく老婦人の店の近くを訪れ、店裏のゴミ捨て場でまだ食べられそうな残飯を漁っていた。店裏のゴミ捨て場には彼女が漁るようになってから、時折明らかに残飯でないものが交ざるようになり、その頻度《ひんど》が徐々に増えていることに彼女自身気がついていた。

何か裏があるかもしれないと思い彼女は悩んだけれど、一週間後、彼女は老婦人の店を訪ねることになる。彼女は食欲に勝てなかったのだ。

「あんたは飲み込みがいいから助かるよ」

猫が老婦人の店を訪ねて半年ほどした頃、彼女は老婦人とともに厨房に立つようになっていた。最初は皿洗いだけだったが、野菜の下処理や簡単な煮物を教わり、終いには一緒に料理をするようになっていた。

老婦人は彼女を大層気に入り、店で住み込みで働かないかと提案した。彼女も老婦人のことを慕っていたので、二つ返事で了承し祠からすぐに引っ越してきた。

彼女が老婦人の店で過ごす時間が増えるにつれて、店には彼女目当てでやってくる客が増えた。彼女は有名な看板猫となり、客はどんどん増えた。おかげで店は毎日大繁盛《はんじょう》、近所で一番有名な飲食店になった。

「特に理由なんてないよ。なんとなくうちで働いてくれたら助かるなと思っただけさ」

猫が老婦人にどうして声をかけてくれたのか聞くと、老婦人は決まってそう答えた。本当にそれだけなんだろうか、彼女は疑い何度も尋ねたが、いつも返ってくる言葉は同じだった。そう、その時までは。

「一匹で懸命に生きてるあんたを見ていると、若い頃の自分を見ているようでさ」

病院のベッドで横になった老婦人は目を細めながら猫に言った。老婦人の店に彼女が住み込みで働くようになってから六度目の冬、老婦人は倒れた。

一年ほど前から老婦人が体調を崩すようになり、彼女一匹で店を回す日が、ぽつぽつと出ていた。そして一匹で店を回すことに慣れ始めた矢先、老婦人は入院することになった。病院と店を行き来する日々。体力的な負担を感じながらも、猫は弱音を吐くこともなく店を回し続けた。

老婦人が入院して三ヶ月が経った頃、老婦人は急に彼女に声をかけた理由を語り始めた。老婦人も捨てられた身で幼少期に苦労したこと。自分もある飲食店の女性に拾われたこと。『あんたも誰かが困っていたら声をかけてやんな』が、拾ってくれた女性の最期の言葉だったこと。老婦人はゆっくりと、でもはっきりした声で猫に語り続けた。

「あたしはね、あんたに声をかけたあの日、後悔していたんだ。でしゃばりすぎたかなって。だから、あんたが店に来てくれた時は嬉しくて涙が出そうになったんだよ」

そう言って微笑む老婦人の手を、彼女はそっと握りしめ涙を流した。それは老婦人のもとで働くようになってから初めて流す涙だった。そして、彼女はその時初めて嬉しくても涙が出ることを知った。

「何を泣いているんだい。あたしはあんたと過ごせて幸せなんだよ」

そう言って老婦人は笑った。しわくちゃの笑顔を向けられて彼女も笑った。笑いながら、いつの間にかどちらも涙を流していた。あたたかい空気が病室を満たし、穏やかな時間が流れていく。しかし、この日の会話が一人と一匹の最後の会話となった。

老婦人は猫と話した翌日からこんこんと眠り、三日後には猫とたくさんの常連客に見守られながらこの世を去った。

「お婆の常連には悪いけれど、この店は私が引き継ぐことにしたよ」

老婦人が亡くなって二ヶ月後、猫は店を再開する。再開当初多くの常連客が再開を喜び店を訪れたが、中には「やっぱりママがいないと物足りない」と言って、顔を見せなくなった客もいた。

最初は本当に店を継いでいいものかと、猫はかなり悩んだ。老婦人の死後、病院のベッドの枕の下にあった遺書には、もしよかったら猫に店を継いで欲しいと書いてあった。店が大好きだった彼女にとって、その言葉は嬉しかった反面、自分にできるのだろうかと不安も感じていた。

二ヶ月という時間をかけて猫は悩み抜き、そして悩んだ末に店を継ぐことにした。

「大した理由なんてありゃしないよ。私にできることが料理しかなかった、ただそれだけ」

店を継ぐ決め手はなんだったのか聞くと猫は、笑いながらそう言った。彼女が店を継いでそろそろ三年になる。白い割烹着を着た三毛猫の定食屋は、今も大人気だ。もちろん、夜の居酒屋も繁盛している。

「常連のツキノワグマがね、こないだ人間の女性を連れてきたのよ」

彼女に最近の楽しみを聞いてみた。すると、彼女はふふふと笑いながら、最近見ていて微笑ましいカップルがいると教えてくれた。体格が大きくて怖がられてしまい、なかなか他の動物と馴染めないと言っていたツキノワグマ。そんな彼に仲のいいご近所さんができたんだとか。クマは先代の時からの常連客で、彼女はそのことが嬉しいらしい。

「付き合ってないけれど時間の問題じゃないかしら。まだまだ時間はかかるでしょうけど……」

そう言って微笑む彼女の横顔は、話の途中に見せてもらった先代の写真の笑顔にどことなく似ていた。

■参考文献

『神様』　川上弘美（中公文庫）
『対話篇』　金城一紀（角川文庫）

あとがき

クマとゆり子さんに初めて出会ったのは、緑の多い公園でした。

冷えたビールが飲みたいなと思いながら歩いていたので、夏だったと思います。一週間分の買い出しの帰り道、両手に膨らんだレジ袋を引っ提げていた私は、近道をするために公園の中を通りました。

公園の中を歩いていると、新緑の下にたたずむベンチに目が留まりました。生い茂る葉が日影を作っていて涼しそうだなと思った時、そこで楽しそうにお話をしているクマと女性の姿が頭に浮かびました。最初は不思議な光景だなあとも思いましたが、考えているうちにその光景にほっこりしている自分がいました。それで「これはお話にしたら楽しそうだ！」と思い、「小説家になろう」で連載を始めました。

動物とお話ができたらいいなって考えたことはありませんか？　この物語にはたくさんの動物たちが出てきます。そして、どの動物とも同じ言語で会話をすることができます。これはそんな世界で四季の移ろいを楽しみながら、クマと一緒にのんびりと日々を過ごす女性の物語です。

この物語はたくさんの人のおかげで書くことができました。「小説家になろう」で連載していた時、多くの方が感想をくださり、大変励みになりました。中には猫の習性について教えてくださる方、登場する動物のイラストを描いてくださる方もいらっしゃり、すごく嬉しかったことをつい昨日のように覚えています。私にとって思い出深いクマのこの物語を書籍化することができたことは、言葉では言い表すことができないぐらい嬉しく思います。

「小説家になろう」で応援してくださった皆様、マラソンの伴走者のようにいつもサポートしてくださった担当の尾中様、大人の絵本のような表紙になったらいいなという私の理想を叶えてくださった水川雅也様、デザイナーの長﨑様、マイクロマガジン社各部の皆様、鴎来堂・校閲ご担当者様、先読みレビューを書いてくださった皆様、書店関係者様、そしてこの本を手に取ってくださった全ての皆様、本当にありがとうございます。

機会があれば、マンションで迎える三年目の春の物語でまたお会いしましょう。それでは皆様、ごきげんよう。

二〇二四年　五月　吉日　鞠目

ことのは文庫

下《した》の階《かい》にはツキノワグマが住《す》んでいる

2024年5月26日 初版発行

著者 鞠目《まりめ》

発行人 子安喜美子

編集 尾中麻由果

印刷所 株式会社広済堂ネクスト

発行 株式会社マイクロマガジン社
URL：https://micromagazine.co.jp/
〒104-0041
東京都中央区新富1-3-7 ヨドコウビル
TEL.03-3206-1641 FAX.03-3551-1208（販売部）
TEL.03-3551-9563 FAX.03-3551-9565（編集部）

本書は、小説投稿サイトに掲載されていた作品を、加筆・修正の上、書籍化したものです。
定価はカバーに印刷されています。

ISBN978-4-86716-574-4 C0193
乱丁、落丁本はお取り替えいたします。